감정￦쓰다

감정愛쓰다

초판 인쇄 발행 2021년 7월 20일

지은이 박나영 이유 황세원 김진선 안은비

펴낸이 박경애
디자인 정은경

펴낸 곳 자상한시간
출판등록 2017년 8월 8일 제 320-2017-000047호
주소 서울시 관악구 중앙길 59, 1층
전화 02-877-1015
이메일 vodvod279@naver.com

ISBN 979-11-969480-1-6 03800

이 도서의 국립중앙도서관 출판예정도서목록(CIP)은 서지정보유통지원시스템 홈페이지
(http://seoji.nl.go.kr)와 국가자료종합목록시스템(http://www.nl.go.kr/kolisnet)에서
이용하실 수 있습니다.

글쓰기 수업에서 만난
글벗들의 감정에세이

박나영
이　유
황세원
김진선
안은비

차례

01

박
나
영

설렘은 누구의 것이었을까?
10월의 어느 멋진 날에
엄마의 밥상

"짧은 글을 길게 써보고 싶어요."

툭 던진 한 마디가 계기가 되어
작가님의 '글쓰기 수업'에 합류하게 되었어요.
글쓰기라는 게 결코 쉽지 않다는 걸
비로소 알게 되었고 멈추고 싶은 순간들이 많았답니다.
그럼에도 불구하고 끝까지 달릴 수 있도록 격려해준
박경애 작가님과 글벗들에게 무척 감사해요.
흩어져있던 기억의 조각들을 모아서 한 편의 글을
완성할 때마다 옛 기억들이 소슬소슬 내려와
마음이 촉촉하게 젖었습니다.
제 글들이 독자분들에게도 촉촉하게 전해지길
소망합니다.

설렘은 누구의 것이었을까?

대학 동기이면서 같은 동아리 활동을 하던 그녀와 나는 꽤 절친이었다. 한여름 송글송글 맺힌 땀방울을 날려줄 시원하고 쾌적한 교내 식당에서 점심 식사를 막 마친 시간이었다. 그녀는 식판을 들고 일어서는 내게 그 남자의 학교에 함께 가줬으면 좋겠다는 말을 했다. 마침 오후 수업이 없어서 선뜻 사십여 분의 거리를 동행했다. 그러나 금방 도착할 거라는 내 생각은 큰 오산이었다. 뜨거운 여름 날씨와 초행길이라는 것을 고려하지 않은 것이다. 이제 와 후회한들 무슨 소용이 있을까. 반면 그녀는 무척 즐거워 보였고 들떠 보였다. 이따위 더위쯤은 그녀에겐 아무런 문제도 되지 않았다. 걸어가는 동안 쉴 없이 재잘거리는 그녀의 작은 입술은 미소가 끊이지 않았다. 그녀의 목소리 톤이 한 단계 업된다 싶으면 곧바로 그 남자의 이야기가 이어졌다. 그 남자를 말하는 그녀의 입술에서 상큼한 레몬 향기가 번지고 그녀의 두 눈이 밤하늘의 예쁜 조각달처럼 부드럽게 빛났다. 더위와는 상관없이 그녀의 계절엔 살랑살랑 솔바람이 일렁였다. 그녀의 얼굴에 있는 작은 보조개를 깊게 만들고 그녀를 설레게 하는 그 남자. 그녀의 그 남자가 이제는 조금씩 궁금해지기 시작했다.

그 남자의 학교는 나무가 많았다. 언덕을 올라 동아리방이 모여 있는 건물로 가는 길엔 플라타너스 나무로 둘러싸인 작은 운동장이 있었다. 지친 발걸음을 멈추고 잠깐이라도 나무 그늘 아래 쉬고 싶었다. 그러나 그녀에게 나는 안중에도 없었다. 벌써 그녀는 그 남자의 동아리방의 위치를 지나가는 학생에게 묻고 있는 중이었다. 그녀의 눈과 입이 함께 웃고 있었다. 지친 나를 잡아 끌어당기는 그녀의 손이 얼마나 경쾌하던지 알 수 없는 반감이 생겨 툭 던지고 싶던 말을 참았다.

'이제부터는 너 혼자 가.'

그녀는 그런 내 마음을 뒤로한 채 나의 손과 발을 그녀의 작은 손으로 단단히 묶어 그 남자의 동아리 방 앞에 멈춰 세웠다. 문을 열지도 않았는데 방음이 잘 안 되어있는 문밖으로 기타 소리와 함께 남자의 목소리가 들렸다.

'그녀의 그 남자일까?'

노크를 하고 들어서야 하는데 어느 순간부터인지 내 옆에 선 그녀는 꼼짝을 하지 않았다. 방금까지 재잘거리던 그녀의 입술도 굳게 다물어진 지 오래였다. 드디어 그녀가 잡고 있던 내 손을 놓고 문을 두드렸다. 안쪽에서는 아무런 반응이 없었다. 그도 당연한 것이 노크 소리보다 저쪽에서 들려오는 기타 소리와 남자의 노랫소리가 더 컸다. 다시 한번 노크하리라 생각했는데 그녀가 이번엔 노크 대신 앞에 있는 손잡이를 돌렸다.

동아리 문을 열자 그 남자의 목소리가 한여름 소나기처럼 시원하게 쏟아졌다. 거침없이 쭉쭉 뻗는 보이스가 참 매력적이었다. 한여름 뜨거운 열기에 축 처져 있던 몸과 마음이 서서히 깨어났다. 이렇게 내가 처음 듣게 된 목소리에 반응하고 있을 때 그 남자를 향한 그녀의 첫 마음이 궁금해졌다.

'그녀는 어땠을까? 그녀도 나처럼 소나기를 만났을까?'

입을 다물지 못한 채 환한 얼굴로 그 남자를 바라보는 그녀가 내 눈에 들어왔다. 이전엔 한 번도 볼 수 없었던 미소가 그녀의 온몸을 감싸고 있었다. 그 남자를 바라보는 작고 귀여운 그녀가 몹시 예뻤다.

문을 열고 들어선 우리의 움직임에도 그 남자는 반응이 없었다. 나는 저 남자가 돌아봐 주기를 바랐다. 제발 우리가 왔다는 것을 저 남자가 알아채길 바랐다. 그러나 남자는 그의 노래가 끝날 때까지는 분명 꼼짝하지 않을 것이다. 이 어색한 분위기를 어떻게든 벗어나야겠다는 생각을 하며 그녀를 바라보았다. 그녀가 드디어 입을 열었다. '저… 저….'

그녀의 어쭙잖은 용기에 순간 당혹감이 확 밀려왔다. 나는 순간적으로 몸을 돌려 들어왔던 문을 나가려는데 남자가 인기척에 놀랐는지 몸을 황급히 일으켰다. 남자의 반응에 그녀가 내 팔목을 잡으며 반쯤 돌아서 있는 나를 돌려세웠다. 드디어 남자는 우리가 왔다는 것을 알았다. 그리고 곧 그녀를 알아봤다. 저 남자가 바로 그녀가 그토록 재잘거리고, 보고 싶어 하던 그 남자였다. "인사해"라고 말하는 그녀의 눈이 반짝였다.

그녀의 소개에 그 남자도 나도 어색하게 웃으며 가볍게 목례를 했다. 그녀는 그 남자에게 미리 얘기하지 않고 불쑥 찾아와 미안하다고 말했다. 그 남자는 갑작스런 방문에 당황스럽긴 하나 어쨌든 만나서 다행이라 말하며 우리를 의자로 안내했다. 수줍음이 많았던 나는 그 남자의 얼굴도 제대로 쳐다보지 못한 채 멍하게 시간을 보냈다. 대화에 끼는 것도, 대화 사이사이 노래를 부르는 것에도 함께 하지 못했다. 그런 나를 그 남자가 간간이 웃으며 쳐다보는 시선이 느껴졌다. 그때마다 나도 그 남자의 얼굴을 봐야 하는 건지, 함께 싱겁게 웃어줘야 하는 건지, 어떤 몸짓을 취해야 할지 참 난감했다. 저 남자에 빠져있는 그녀는 내 난감함을 알까? 지금 내 기분이 꿔다놓은 보릿자루처럼 한쪽에 내던져있다는 것을……

시간이 흐를수록 내 몸은 그 남자가 안내한 딱딱한 나무 의자에 깊이 있게 파묻혀갔다. 등받이에 등을 대고 팔짱을 낀 후 다리를 꼬았다. 엉덩이는 최대한 의자 끝에 비스듬하게 걸쳐

앉았다. 두어 시간을 내내 꼬고 있던 다리를 오른쪽 왼쪽 바꿔가며 깜박깜박 졸았다. 그 사이로 그녀와 그 남자의 목소리가 기타 소리에 간간이 섞여 들려왔다. 같은 자세로 꼼짝없이 앉아 있던 나도 참 무던했다. 그녀와 약간의 거리를 두고 꾸벅꾸벅 졸고 있던 내 몸이 드디어 움직이기 시작했다. 고개를 숙인 목이 아팠다. 몸을 세우고 고개를 들었다. 깍지 낀 손을 머리 위로 올려 등을 쭉 세우고 왼쪽 오른쪽으로 기울였다. 그러다가 갑자기 낯선 시선이 나를 바라보고 있다는 사실을 깨달았다. 황망히 자세를 가다듬고 시선을 그에게 옮겼다. 그 남자의 낯선 시선이 낯선 미소와 함께 내 눈동자에 부딪혔다. 나와 나란히 앉아 있던 그녀는 어느새 그 남자의 옆자리로 바뀌어 있었다. 그녀와 눈이 마주쳤다. 그녀가 나를 보고 웃었다. 뭐가 그리 좋은지 그녀의 작은 보조개가 더 깊어져 있었다. 갑자기 그녀의 미소에 샘이 났다. 그런 그녀의 행복한 미소와 설렘을 깬 건 나였다.

"그만 가자. 너무 오래 앉아 있었어."

갑작스런 말에 그녀와 그 남자는 엉거주춤하며 자리를 정리했다. 때마침 그날은 타 대학교와 연계된 동아리 연합모임이 있는 날이었다. 대학교 연합모임은 매주 금요일에 모임을 가졌다. 서로 학교는 다르지만 동아리가 같아 매주 있는 연합모임에서 그녀와 그 남자는 만났고 함께했다. 그 남자도 같은 동아리라 연합모임에 참석하기 위해 우리와 동행했다. 모임 장소에 도착해서도 그녀는 그 남자와 의자에 나란히 앉았다. 그녀에게 나는 진종일 타인처럼 느껴졌다. 오늘따라 유난히 지루하고 길었던 모임이 드디어 끝났다. 긴 하루였고 그녀의 들러리도 이젠 끝났다는 생각이 들었다. 나는 그녀와 인사도 없이 버스 정류장으로 향했다. 마지막 버스를 타기 위해서는 서둘러야 했다. 간신히 직행버스 터미널에 도착해서 가쁘게 숨을 내쉬는데 익숙한 목소리가 들렸다. 그녀의 그 남자였다. 고개를 들어 그 남자의 얼굴을 바라보았다. 어두운 가로등 불빛에도 그 남자의 얼굴이 선명히 눈에 들어왔다. 생글 웃는 남자의 긴 속 눈썹과 함께 뭐라 표현하기 힘든 긴장감이 피곤함과 함께 찾아왔다.

'이 남자 속눈썹이 이렇게 길고 예뻤나?'

길고 긴 속눈썹에서 헤어나오지 못하고 있을 때 버스가 도착했다. 공교롭게도 이 남자와 나의 행선지는 같았다. 먼저 버스 안으로 들어섰던 나는 그녀가 웃을 때마다 보여줬던 그 작고 깊은 보조개가 이 남자에게도 있다는 것을 떠올렸다. 이제는 그녀가 빠진 자리에 이 남자와 내가 나란히 앉아 있었다. 의자에 기대어 창밖을 보고 있는 내게 이젠 좀 괜찮냐고 그 남자가 물었다. 뭐가 괜찮냐는 건지 모르겠다.

"이젠 안 피곤해요? 아까 낮엔 무척 지쳐 보여서요."

그토록 그녀가 내 마음을 알아주기를 바랐던 그때 이 남자는 내 마음을 읽어내고 있었던 걸까? 나는 무언가를 감추다 들킨 사람처럼 창밖으로 얼굴을 돌려 남자를 무시했다. 꺼진 불빛에 창문 너머 옆에 앉은 남자의 모습이 눈에 들어왔다. 지금 그녀의 남자가 나를 당황하게 만들고 있다고 생각하니 옆자리가 편치 않았다. 이러고 삼십여 분을 또 가야 하다니.

눈을 뜨고 다시 창밖을 내다보았다. 남자는 어느새 고개를 숙이고 졸고 있었다. 다행이었다. 하루의 반나절을 그녀가 아닌 이 남자와 감정 숨바꼭질을 한 것 같다는 생각을 하며 눈을 감았다. 감은 눈 위로 처음 문을 열고 그와 마주했던 모든 순간들이 한 장 한 장 오버랩되어 눈앞을 지나갔다. 그녀의 환한 얼굴 위로 남자의 미소가 겹쳤다. 그녀의 끊이지 않던 웃음소리 위로 남자의 듣기 좋던 목소리가 덮어졌다 걷혔다. 가로등 불빛에서 마주했던 남자의 긴 속눈썹과 양쪽 볼에 깊이 박힌 보조개가 다시 나타났다. 순간 나는 숨이 멎을 듯 얼굴이 붉어졌다. 방금까지 나를 향해 보이던 그의 표정들까지도 꼼꼼하게 쫓고 있는 나를 발견했다. 버스 안 조명이 꺼져있어 다행이었다. 어쩌면 처음 그녀로부터 이 남자에 대해 듣게 된 그날부터 내 마음은 시작되었는지도 모르겠다. 그녀와는 상관없이 내가 그녀의 그 남자가 아닌 이 남자를 보고 있었다는 것을.

어느새 눈을 뜬 남자는 내게 말했다.

"다음 주 금요일에 우리 여기서 다시 만나요."

버스가 멈추었다. 종착지였다. 함께 버스에서 내린 우리는 또 다른 각자의 행선지를 향해 말없이 걷기 시작했다.

플라타너스 나무가 한나절 가을볕에 형형색색 물들어갈 때다. 예은이가 학교 방과 후 수업에서 하는 작은 플루트 발표회에 초대했다.

"엄마, 시간 맞춰서 꼭 와야 해. 안 오면 안돼."

'안 오면 안 된다'는 아이의 말이 마음에 걸려 하던 일을 대충 정리했다. 늦지 않게 방과 후 수업 교실로 갔다. 벌써 삼삼오오 학부모들이 교실 가장자리 의자에 앉아 있었다. 곧 선생님이 호명하는 대로 아이들이 준비한 곡들을 연주했다. 여기저기 조심스럽게 셔터 누르는 소리와 살짝 긴장한 듯 떨리는 플루트 소리가 공기와 한데 섞여 공중으로 흩어졌다가 이내 사라졌다.

"다음 순서는 6학년 3반 이예은 학생입니다."

예은이의 이름이 불리자 내 가슴이 터질 듯 두근거렸다. 예은이가 플루트를 연주하기 시작했다. 내가 좋아하는 '10월의 어느 멋진 날에'라는 곡이었다. 언젠가 예은이가 노래를 따라 부르며 글씨를 쓰고 있는 내게 엄마가 좋아하는 곡은 뭐냐고 질문하던 기억이 났다. '이 곡을 들려주려고 늦지 말고 꼭 오라고 했구나.'

예은이가 부는 플루트의 잔잔하고도 맑은 소리가 내 고단하고 지친 삶에 파장을 일으켰다. 말로 표현할 수 없는 감동이 그대로 전해져 오고 있었다. 발표회 이후로 예은이는 빼곡히 걸려있던 오선지의 음들보다 더 많은 아름다운 음들로 나의 삶을 살리고 풍요롭게 해 주었다. 그럼에도 불구하고 나는 가끔씩 예은이를 보며 내 안에서 반 계절을 살아냈던 얼굴도 모르는 6개월의 생명을 떠올리곤 했다.

결혼 후 처음으로 일주일이 넘도록 자궁출혈이 보여 직장 근처에 있는 산부인과에서 첫 진료를 받았다. 그때 내 몸에 아주 커다란 근종이 있다는 것을 알았다.

의사는 나를 안심시켜 주려는 듯 수술하면 괜찮다고 웃으며 말했다. 그리곤 대학병원에서 수술 할 수 있도록 소견서를 써 주었다. 며칠 후 남편과 대학병원으로 향했다. 병원은 늘 긴장되고 낯설다. 의사의 몇 가지 질문에 대답하고 초음파 검사를 했다. 검사를 마친 후 의사는 앞으로 임신 계획이 있으니 근종 제거 수술을 권했다. 수술 날짜를 잡고 진료실 문을 열고 나오는데 두려움이 안개같이 밀려왔다. 그 맘이 전해졌을까? 함께 나란히 걷던 남편이 말없이 내 손을 잡아 주었다. 크고 따뜻한 손이 서서히 내 안의 두려움을 거두어가는 듯싶었다.

수술 예정일 하루 전날 입원 준비를 하고 진료실을 다시 찾았다. 그런데 초음파 검사를 한 후 의사는 무척 당황스러운 말을 했다.

"수술을 하려고 했는데 아기가 생겼네요."

아기라니, 이게 말이 되는 소린가? 남편과 나는 어이없는 표정으로 서로를 바라보다 의사를 쳐다보았다.

"그러면 수술은 아니, 아기는 어떻게 되는 거죠?"

의사는 두 가지를 제안했다. 첫 번째는 수술을 하지 않고 아기를 키우는 것이다. 아기가 클수록 근종이 차지하는 위치가 좁아져서 자연적으로 크기가 줄어들 수도 있다. 그러나 그 반대인 경우라면 근종 때문에 아기가 자랄 수 없으며 6개월쯤 아기를 유산할 수도 있다고 했다. 두 번째는 아기를 다음에 갖기로 하고 근종 제거 수술을 하는 것이다. 빨리 수술을 하고 건강한 몸을 만들어 아기를 준비하는 게 좋을 수도 있다. 의사는 우리가 이해할 수 있도록 충분히 설명해 주었다. 나는 어찌할 바를 몰라 남편의 손을 더 꼭 잡았다. 지금 이 순간 선택은 의사가 아니라 우리 부부의 몫이었다. 그 짧은 침묵 속에서 우리는 선택해야 했다.

"수술하지 않겠습니다. 이미 한 생명으로 우리에게 온 아기

예요."

우리 선택에 의사는 아기가 잘 견딜 수도 있으니 함께 지켜보자고 격려해 주었다. 잘한 결정이라 여겼다. 그날 이후로 의사가 지시한 대로 출혈은 없는지, 배는 안 아픈지, 분비물은 없는지 잘 관찰했다. 다행히 별 이상 없이 6개월에 접어들었다. 그날도 평소처럼 교회의 새벽 종소리에 눈을 떴다. 그리고 아기가 뱃속에서 잘 견뎌주길 기도했다. 다시 침대에 눕는데 기분이 이상했다. 몸 안에서 무언가 뜨거운 것이 몸 밖으로 쑥 흘러나오는 느낌이 들었다. 덮고 있던 이불을 걷어냈다. 한꺼번에 흘러내리는 선홍빛 물결이 바닥에 깔린 하얀 패드를 순식간에 적셨다. 정신이 나간 듯 멍하니 있었다. 남편이 이상했는지 눈을 떴다. 그제서야 상황을 파악한 남편이 급히 나를 한쪽에 세워두고는 침대 주변을 정리했다. 언제고 이런 일이 일어날 거라고 예상이나 한 사람처럼 남편은 침착하게 대처했다.

응급실에 도착했다. 의사는 유도분만을 해야 한다고 말했다. 제왕절개도 아니고 자연분만을 해야 한다고? 나는 의사의 말을 제대로 인지하지 못했다. 믿을 수 없었다. 이미 생명이 끊어진 아기가 무슨 힘이 있다고 자궁을 밀고 나올 수 있을까? 그게 가능한 일이긴 한 건가? 인체는 참으로 놀랍다. 진통이 없었던 나는 자궁 수축제에 의해 서서히 진통을 느끼기 시작했다. 마치 자궁 안 아기도 힘겨운 몸부림을 시작한 것 같은 느낌이 들었다. 진통이 몰려올 때마다 나는 침대 사이드 레일을 붙잡았다. 한쪽으로 몸을 움츠리고 깊이 숨을 들이마시고 내쉬었다. 그러다 진통이 잔잔해지면 몸을 반듯하게 누워 천정을 보며 눈을 감았다. 손가락 마디마디가 아프고 저렸다. 주먹을 쥐었다 폈다 하려고 해도 손에 힘이 느껴지지 않았다. 눈물이 났다. 팔과 손을 쉴 새 없이 주무르고 있는 남편에게 "내 몸이 둥둥 떠 있는 것 같아"라고 말했다. 산고 뒤에 기쁨이 없는 고통은 내겐 너무 가혹한 아픔이었다.

시간이 얼마나 흘렀는지 모르겠다. 드디어 자궁이 열리기 시작했다. 틈틈이 나의 상태를 체크하던 간호사가 의사를 황급히 불렀다. 나는 정신없이 분만실 수술대 의자에 앉혀졌다. 몇 분 아니 몇 초만 늦었더라면 걸어가다 분만실 바닥에 아기를 쏟았을지도 모르겠다. 의자에 앉자마자 자궁 안에 있던 아기가 쏟아져 내렸다. 차가운 용액이 내 몸속을 훑고 지나가는 듯했다. 이내 의식을 잃었다. 깨어보니 남편은 침대 옆에서 나를 내려다보고 있었다. 얼마나 울었는지 눈가가 젖어있는 시어머니, 그리고 가만히 내 손을 붙잡고 있는 친정엄마가 눈에 들어왔다. 나는 남편에게 아기는 어찌 되었냐고 물었다. 남편은 그런 나를 다독이며 아기는 잘 보내주었다고 말했다. 그리고 좀 더 자라고 이불 한 자락을 올려주었다. 그렇게 정확하게 6개월째에 우리 부부는 370g의 아기를 떠나보냈다.

아기를 떠나보내고 6개월이 지나 산부인과에서 자궁근종

제거 수술을 받았다. 그때 나를 수술했던 의사는 다음 아기를 출산할 때는 꼭 제왕절개로 아기를 낳아야 된다고 당부했다. 자연분만을 할 경우 과다출혈이 발생할 수 있다는 것이다.

   2001년 6월의 어느 날.
   수술 후 몇 달 지나지 않아 우리 부부에게 기쁜 소식이 찾아왔다. 임신을 확인하는 순간 입덧도 시작되었다. 먹고 마시는 대로 화장실로 달려가야 하는 고통이 뒤따랐다. 화장실에서 모두 쏟아내고 나면 눈물이 핑 돌고 몸이 축 가라앉았다. 이런 와중에도 뱃속 아기는 손인지, 발인지 자꾸 내 몸 안에서 불룩불룩 힘을 주며 태동을 해댔다. 처음 느낀 태동이 신기하고 아기가 잘 자라고 있는 것 같아 기특했다. 앞서 보낸 태아는 6개월이 다 되도록 태동 한 번 없었다. 6개월째 정기검진이 있어 병원에 갔다가 갑작스레 입원을 하게 되었다. 자궁경부무력증으로 인해 아기가 버티지 못하고 자궁 밖으로 탈출을 시도하려고 했다. 나는 꼼짝없이 한 달을 병원 침대에 누워 생활해야 했다. 아기를 또 잃을까 봐 두려움이 엄습해 왔다. 밤이 되면 배가 수시로 아프고 단단하게 뭉쳤다. 그때마다 간호사를 불러 약을 먹었다. 의사는 날마다 아기가 괜찮은지 살폈다. 의사의 지침에 따라 최대한 안정을 취하고 움직임을 최소화했다. 머리 감기, 간단한 샤워조차도 하지 않고 식사와 화장실 가는 것을 제외하고는 대부분을 누워서 생활했다. 1년 같은 한 달을 최소한의 움직임으로 지내고 나서야 겨우 병원에서 퇴원을 할 수 있었다. 유난히도 심했던 입덧도 동시에 끝이 났다. 7개월째 접어드는 날이었다. 집으로 돌아와서도 조심히 움직였다. 매 순간이 긴장되고 남은 시간 동안 별 일 없이 잘 지나가기를 기도했다. 다행히 입덧이 끝나 나도 살이 찌고 아기의 몸무게도 늘어났다.

2001년 10월 30일 오후 14시 27분. 10월의 어느 멋진 날이 찾아왔다. 3.15kg으로 태어난 아기가 벌써 올해로 스무 살이 되었다. 풋풋하고 생기발랄하게 캠퍼스를 누빌 대학 새내기가 오늘도 침대와 한 몸이 되어 있다. 코로나로 인해 대학 수업마저 온라인으로 듣는 게 안쓰럽다. 예은이에게 시선을 거두고 벽에 걸린 플루트 가방을 바라본다. 서울로 이사 와서는 몇 번 꺼내 보지도 않는 플루트 가방에 먼지가 자리를 잡고 앉아 있다. 재미있는 일도 없다며 누워서 핸드폰만 만지작거리는 예은이에게 유난히 곁눈질을 해댄다. 어쩌면 저리도 꿈쩍을 안 하는지. '10월의 어느 멋진 날에'는 오늘도 결국 듣지 못하고 지나가려나 보다.

거동이 불편한 시어머니를 위해 매주 익산에 내려간 지도 봄 여름을 지나 가을을 맞이하고 있다. 내일은 익산에서 홀로 사는 시어머니의 외래진료가 종일 있는 날이다. 혼자 시골에 내려가는 날이면 당일 출발이 어려워서 전날에 준비를 하고 기차를 탄다. 나의 부재는 단 하루도 안되지만 준비할 게 많다. 식구들 먹을 음식들, 빨래, 청소 등등. 집안일은 내 할 일이라 생각하면 당연한 일이지만 내가 하지 않으면 또 누구도 먼저 나서서 하는 일이 아니다. 머릿속에는 무엇을 할지 대충 식단이 짜져 있다. 먼저 냉장고에 들어있는 재료들을 꺼내 식탁 위에 올려놓는다. 콩나물, 두부, 어묵, 양파, 대파, 마늘 등등. 종종 느끼는 것이지만 식성이 까다롭지 않고 뭐든지 맛있게 먹어주는 남편과 두 딸에게 감사하다. 남편이 좋아하는 김치찌개는 돼지고기가 아닌 캔참치를 넣어 끓인다. 남편은 고등학교 때 엄마가 끓여준 찌개 맛이라며 친구들과 먹던 기억이 한 번씩 되살아난다고 했다. 찌개엔 언제나 시어머니가 담가 주신 한해 묵힌 김장김치를 넣어서 끓인다. 막내딸은 유난히 콩나물무침을 좋아한다. 고춧가루를 넣어 빨갛게 무쳐낸 콩나물에 약간의 참기름과 깨소금을 넣은 후 늘 막내딸을 불러 간을 보게 한다. 방금 조물조물 무친 콩나물을 손으로 집어 막내딸 입속에 넣어주면 세상에서 제일 맛있다며 엄지 척을 아낌없이 해댄다. 그랬던 막내가 요즘은 간장과 고춧가루로 양념장을 만든 두부조림에 빠져있다. 예전엔 두부를 기름에 굽지 않고 바로 양념을 했다. 그런데 요즘은 두부 물기를 없애고 기름에 두부를 노릇노릇 부쳐낸 후 미리 만들어 둔 양념장을 부어 조림을 한다. 조금 번거로운 일이나 가족들 입맛엔 딱 맞다. 큰딸을 위해서는 간장으로 맛을 낸 양파어묵볶음을 한다. 양파를 좋아하는 딸은 먹을 때마다 양파가 부족하다고 말한다. 그런 딸을 위해 오늘은 양파를 한 개 더 다듬어 넣고 어묵볶음을 한다. 그렇게 몇 가지 밑반찬을 만들어 냉장고에 넣어두고 다음 순서로 얼마 안 되는 빨래를 모아 세탁기에 돌린다.

빨래가 돌아가는 동안 애들 책상과 침대를 정리하고 청소를 한다. 쓸고 닦고 하는 사이 빨래가 다 되었다고 세탁기 알림음이 울린다. 탈수까지 마친 빨래를 내 몸이 반쯤 포개어 들어가는 커다란 통돌이 세탁기 안에서 힘겹게 꺼낸다. 서로 뒤엉키고 구겨져 나온 옷들의 주름을 펴보려는 마음에 있는 힘을 다해 팍팍 털어낸다. 그때마다 털어내는 소리가 아주 찰지게 들린다. 옷걸이에 야무지게 옷가지들을 끼워 넣고 햇빛이 걸린 빨래줄에 넌다. 운이 좋게도 볕이 좋은 날이다. 이른 오전부터 숨 돌릴 틈도 없이 바삐 움직였던 몸을 따뜻한 볕과 시원한 바람에 잠시 내려놓는다. 그 사이 잠깐의 콧바람에 마음이 흔들려 기차 시간을 늦출까? 하는 생각을 하다가도 이내 마음을 돌이켜 현관문을 열고 집안으로 들어간다. 내가 없어도 식구들이 불편하지 않도록 준비를 마친 후 기차 출발 시간에 맞추어 집을 나선다. 서울에서 익산까지는 KTX로 1시간 20분쯤 걸린다. 시어머니의 외래진료 전날 익산에 가게 되는 날이면 늘 친정에서 잠을 자고 다음 날 병원에서 진료시간 30분 전에 시어머니와 만난다. 남편과 나의 본가는 익산이다. 시댁과 친정은 차로 이십여 분 차이밖에 나지 않는다. 나는 기차에서 내려 시어머니께 잘 도착했다고 전화를 한 후 친정으로 향한다.

집에 도착하니 엄마는 아직 퇴근 전이다. 남들은 퇴사하고도 남을 나이에 엄마는 여전히 직장을 다닌다. 다닐 수 있을 때까진 다녀보겠다 하는데 자식으로서 마음은 항상 편치 않다. 엄마가 퇴근하려면 아직도 두어 시간이나 더 남았다. 청소기를 꺼내어 거실을 한번 밀고 설거지 그릇에 담겨 있는 몇 개의 그릇들을 씻어 식기 건조대에 올려놓고 소파에 앉는다. 엄마의 집은 늘 햇빛이 가득하다. 나는 햇빛이 제집처럼 드러누운 자리에 옷도 갈아입지 않고 그대로 포개어 눕는다. 햇빛에 흩어지는 먼지들을 보면서 한껏 지쳐 녹녹해진 몸을 바싹 말린다. 한기를 느끼며 낯익은 소리가 들릴 즈음에 눈을 떴다. 언제 왔는지 엄마는 저녁상을 거짐 차려놓고 내 이름을 부를 참이다. 친정에 오면 내 나이 오십이 가까워져 오는데도 일흔을 넘긴 엄마에겐 여전히 나는 시집 안 간 어린 딸이 된다. 엄마는 퇴근 후 고단하실 텐데 잠든 딸을 깨우지도 않고 혼자서 저녁상을 차려내셨다. 한 상 가득 차려낸 동그란 밥상이 내 앞에 놓인다. 아빠가 서운할 만큼 오직 딸만을 위한 반찬으로 가득하다. 익은 김치보다 갓 버무린 김치를 좋아하는 딸 생각에 퇴근 후 집으로 곧장 오지 않고 일부러 밭에 다녀왔나 보다. 파란 겉껍질은 모두 버리고 노랗게 익은 고소한 속배추만으로 버무려진 겉절이가 반갑게 인사를 한다. 배추 본연의 들큰한 맛을 느낄 수 있는 겉절이다. 아직 잎사귀가 숨도 죽어 있지 않은 배춧잎을 보니 다 큰 딸아이 먹이고 싶은 맘이 크셨나 보다. 언젠가 숨이 잘 죽지 않는 배추를 뒤집으며 엄마가 했던 말이 떠오른다.

"오메 배추가 밭으로 다시 살아 돌아갈 것 같네."

달달하고 아삭아삭 씹히는 배추의 맛은 언제 먹어도 잊을 수 없는 맛이다. 요즘 말로 단짠단짠하다. 또 다른 반찬에 내 작은 눈이 반짝인다. 계절에 상관없이 입맛이 없을 때 유난히 좋아하는 새우젓이다. 엄마는 늘 동네시장이 아닌 젓갈 유명한 충남 강경에서 새우젓을 사오는 수고를 아끼지 않았다. 하얗다 못해 뽀얀 새우젓에 파랗고 붉은 청량고추를 쫑쫑 썰어 넣은 후 손바닥만 한 접시에 담아내기만 하면 끝이다. 갓 지어낸 뜨끈한 밥과 곁들여 먹는 새우젓은 짭쪼름 하면서도 알싸한 매운맛이 입맛을 한층 돋운다. 나의 젓가락질은 여기서 멈추지 않는다. 내가 가장 좋아하는 음식은 고구마 줄기볶음이다. 고구마 줄기를 미리 물에 불린다. 촉촉해진 고구마 줄기를 먹기 좋게 썰어 프라이팬에 볶는다. 익는 순서에 상관없이 당근, 양파, 파, 마늘 등 갖은 양념을 함께 넣어 달달 볶다가 뚜껑을 닫고 뜨거운 김이 '포로로' 올라오면 뚜껑을 열고 식힌 후 접시에 담아낸다. 엄마의 말린 고구마줄기볶음은 어릴 때 먹었던 그때나 지금이나 변함없이 그대로다. 결혼을 하고 어쩌다 엄마의 레시피대로 볶아보지만 같은 재료를 넣어도 엄마의 맛은 따라갈 수가 없다. 딱히 특별하지도 않은, 여느 집 반찬들과 별반 다르지 않은 엄마의 레시피. 그럼에도 불구하고 엄마의 음식들이 유난히 맛있게 느껴지는 이유는 바로 엄마의 그리운 손맛 때문일 것이다.

김소운의 수필 '가난한 날의 행복'에 나오는 유명한 글이 있다. '왕후의 밥, 걸인의 찬'이라는 글귀이다. 가난한 살림에 출근하는 아내를 위해 간장 한 종지밖에 내어놓을 수 없는 아침 상을 남편이 차려내며 미안한 마음을 쪽지에 적은 문장이다.

아내는 가난한 삶에서도 남편의 따뜻한 마음 때문에 행복했으리라. 오늘 저녁 엄마의 밥상은 매주 서울에서 시골로 오르내리는 내 분주하고 가난한 마음에 위로를 해주는 따뜻한 밥상이었다. 비록 엄마의 밥상이 고기반찬 하나 없는 푸성귀뿐인 밥상이었을지라도 나에겐 왕의 밥상만큼 산해진미가 따로 없는 진수성찬이었다. 영원히 식지 않을 따뜻한 마음과 변함없는 사랑으로 가득 차려진 밥상이 오늘따라 유난히 더 맛있는 것은 결코 점심을 서운하게 먹어서만은 아닐 것이다. 아쉬움을 남기며 젓가락을 내려놓는데 애들한테 전화가 온다. 저녁을 먹고 전화를 한 모양이다. 엄마가 해놓은 반찬을 다 먹어서 내일 먹을 반찬이 없다고 투정을 해댄다. 간도 제대로 보지 못하고 정신없이 만들어 놓고 온 반찬들이 그래도 입에 맞았던 모양이다. 그리고 보니 엄마의 반찬이 내게도 하나같이 다 맛있지 않았는가. 전화기 너머로 들려오는 생글생글한 손녀의 목소리에 곁에 있던 엄마도 기분이 좋은지 연신 미소를 지었다.

"엄마는 뭐하고 먹었어?" 막내딸이 물었다.

"엄마? 엄마는 겉절이."

"그럼 할머니는?"

"할머니? 그러게. 할머니는 뭐하고 드셨지?"

딸의 물음에 갑자기 머리가 멍해졌다. 엄마도 분명 내 나이쯤 외할머니가 차려준 엄마의 밥상이 있었을 텐데 왜 난 한 번도 생각하지 못했을까? 그러고 보니 엄마가 좋아하는 음식이 무엇인지 물었던 기억도 없다. 지금껏 엄마를 위해 내가 만들었던 음식은 결혼 전 엄마 생일에 끓인 미역국이 전부였다. 결혼 후 남편과 딸들을 위해 수없이 차린 밥상에 비해 엄마를 위해 제대로 차려 낸 밥상은 한 번도 없었다.

　나를 당황스럽게 했던 막내의 질문을 엄마에게 한다.

　"엄마, 엄마가 좋아하는 음식은 뭐야?"

　엄마에게 불쑥 그렇게 묻곤 멋쩍어 내려놓았던 젓가락을 집어 든다. 결혼한 지 20년이 다 되도록 엄마에게 무심했던 딸의 마음이 부끄럽고 죄송하다. 엄마가 대답한다.

　"엄마는 뭐가 맛있어서 먹간. 그냥 있으니께 먹는 거지."

　엄마의 대답이 내 귀에 닿기도 전인데 벌써 심장이 찌르르 아린다.

02

이
유

불안의 바람이 불어오더라도
미련하게도 질투가 불쑥 찾아온다
슬픔으로 흘려보내고 나면
그리울 줄 알았어

육아휴직 기간에 아기만 남고
나는 사라질 것 같아 무서웠습니다.
그래서 글을 쓰기 시작했습니다.
불안에 흔들리며 엄마가 되었는데
일 년이 지난 지금은 엄마로만 지냈던 시간들이
소중하게만 느껴집니다.
멋진 글벗들 덕분에 복직하기 전에
제 소중한 시간들을 글로 남길 수 있게 되었네요.
모두 감사합니다.
훗날 제 아들이 커서 아빠가 될 때,
이 글들을 읽어주면 좋겠다는 생각을 합니다.
자신의 아내를 이해하고 행복한 가정을 꾸리는데
도움이 되었으면 해서요.
또한, 아기 때 받은 사랑을 기억하고
그 사랑을 자신의 아이와 나눌 수 있길 바랍니다.

불안의 바람이 불어오더라도

작년 여름, 내 몸 안에 바람이 불어왔다. 기관지를 통해 들어온 공기가 폐에 충분히 차지 않는 것 같았다. 예전에 나는 숨을 쉬지 못해 답답함을 느낀 적이 있다. 그때 의사는 내 신체가 실제로는 문제없이 호흡하고 있다고 했다. 몇 개월에 걸쳐 원래 숨 쉬는 느낌을 되찾았지만, 아직도 스트레스를 받으면 예전 증상이 감기처럼 나를 찾아오곤 했다. 당시 7개월 임산부였던 나는 숨이 부족해지자 겁이 났다. 스트레스가 유산으로 이어질까 봐 불안했다. 과거 유산했던 경험이 있었기에 마음속 불안은 더욱 커졌다. 원인을 알 수 없는 불안은 바람이 되어 내 몸으로 퍼져나갔다. 그해 여름, 나는 몸속에 부는 바람에 모세혈관들까지도 흔들거리는 것 같았다.

회사에서도 부족한 숨을 몰아쉬며 일을 했다. 모바일개발팀에서 리더로 일하고 있던 나는 우리 팀의 업무량을 줄이기 위해 유관부서와 협의하는데 애쓰고 있었다. 3월부터 8월이 되도록 팀원들은 매일같이 야근했고, 나는 책임을 느끼고 있었다. 출산휴가에 들어가기 전에 팀 업무를 안정적으로 만들고 싶었다. 팀원들의 생각은 나와 달랐는지 나와 공유하지 않는 업무가 하나둘 늘었고, 나는 협의 때마다 자신의 팀 업무도 제대로 파악하지 못하는 사람이 되어가고 있었다. 집에서는 신랑에게 회사일을 두서없이 한탄하기 바빴고, 함께 유산의 아픔을 겪었던 신랑은 내게 회사일은 신경 끄고 빨리 휴직하라고 말하기도 했다. 그쯤 엄마는 가끔 전화했고, 내가 잘 못먹는다 하면 아기가 안 크면 어쩌려고 그러냐 잘 먹는다 하면 아기가 너무 크면 어쩌려고 그러냐 하며 핀잔 같은 잔소리를 했다.

8월의 더위로 숨이 더욱 가빴던 어느 날이었다. 그날도 나는 유관부서와 협의를 하고 있었다. 해당 부서에서는 우리 팀원과 이미 협의한 내용인데 이제 와서 의견을 번복하는 이유를 물었다. 협의 전에 팀원들과 의견을 나눴는데 듣지 못했던 내용이었다. 왜 또 이러는 거지. 결국 나는 그 팀원에게 가서 어떻게 된 일이냐고 큰소리를 내고 말았다. 팀원은 임신한 내가 업무에 신경 쓰게 하고 싶지 않다고 말했다. 몸이 흔들리는 것 같았다. 가속도의 법칙이었다. 내 안에 이미 불고 있던 불안의 바람은 작은 동요에도 더 큰 바람을 만들어냈다.

신랑은 회사일로 흔들리던 내게 기분전환을 시켜주겠다고

했다. 신랑의 제안에 따라 주말에 차를 타고 아웃렛으로 향했다. 나는 차 안에서 부른 배를 굽혀 앉으니 숨이 차서 끙끙 소리가 나왔다. 뱃속 아이가 커져서인지, 예전 증상이 다시 찾아온 건지 구별되지 않았다. 신랑은 그런 내가 못마땅하다는 듯이 인상을 썼다. 차 안 공기도 예민해졌다. 결국 신랑은 주차장에 도착해서 내게 소리를 질렀다. 운전하는데 불편하게 옆에서 끙끙댄다고. 몸도 마음도 휘청였다. 내 안의 바람이 거세지고 몸 안 곳곳을 헤집는 듯했다.

점점 불어나는 배만큼 몸 안의 바람도 커졌다. 회사에서도 집에서도 휘청이며 임신 8개월에 접어들었다. 평일 저녁에 엄마에게서 전화가 왔다. 엄마는 우리 부부가 얼마 전에 구입한 아파트가 2층이라 마음에 안 든다고 이야기했다. 나는 엄마의 핀잔 같은 말을 평소처럼 넘기지 못했다. 엄마에게 싫은 소리를 하는 이유를 따져 물었다. 엄마는 엄마가 돼서 그런 소리도 못하느냐고 화를 냈다. 엄마는 점점 더 크게 화를 내다가 울며 전화를 끊었고, 몇 번이고 다시 전화해서 화를 내고 울었다. 몸 안에서 거대해진 바람은 강풍이 되어 살얼음판 같던 엄마와의 관계를 산산조각 내고야 말았다.

내 안에서 시작된 불안의 바람은 나의 손끝, 발끝으로 퍼져나갔다. 퍼져나간 바람은 내 주변 관계까지도 무너뜨렸다. 평소라면 반응하지 않았을 작은 자극들은 더 큰 바람을 만드는 동력원이 되었다. 결국 나는 출산휴가에 들어갈 때까지 팀원들의 외면을 받았고 신랑과는 언제 터질지 모르는 싸움의 씨 앗을 안은 채 아슬아슬한 날들을 보냈다. 엄마는 출산하는 날까지도 내 얼굴을 보지 않았다.

지금 생각해보면 그때 내 안에 바람을 일으킨 불안은 엄마가 되는 일이었다. 결혼 5년 후, 아기를 원해서 가졌지만 그다음 모습이 그려지지 않았다. 심지어 나는 아이를 좋아하는 사람도 아니었다. 그려지지 않는 미래는 그저 불안했고, 이런 불안은 임신으로 인한 호르몬 변화와 결합하여 더 거대한 바람이 되었다. 거대해진 바람은 출산하는 날까지 그 몸집을 키웠다.

11월이 되어 출산하는 날에도 여전히 세포와 혈관 하나하나가 흔들리는 듯했다. 병실에서 간호사가 출산 전 확인사항을 읊고 내게 이해했는지 물었을 때, 간호사의 말에 대답하는 내 목소리가 떨렸다. 간호사가 떠난 후 병실 커튼 안 침대에 혼자 남았다. 태동 측정기를 달고 누워서 천장에 붙은 커튼레일을 따라 눈동자를 굴렸다. 나는 아직 엄마가 될 준비가 안됐다. 엄마가 될 준비는 언제부터 되는 걸까. 생각해보니 결혼할 때도 준비가 다 된 건 아니었다. 처음엔 우리 부부도 분명 어색했는데, 조금씩 맞춰나가다 보니 자연스럽게 가족이 되었다. 결혼한 지 2년 정도 지났을 때는 우리 부부에게 가족이라는 말이 어색하지 않았다. 그때쯤에 우리는 아기가 있으면 좋겠다는 이야기를 나눴다. 더 행복한 가족이 될 것 같았다.

　병원으로 오고 있다며 걱정하지 말라는 신랑의 메시지를 확인하고 다시 천장으로 시선을 돌렸다. 병원에 오는 내내 나를 챙기며 메시지를 보내는 신랑을 생각하니 마음이 따뜻해졌다. 신랑과 보낸 여러 날들을 떠올려봤다. 임신 중에 힘든 시간도 있었지만, 분명 웃는 날이 더 많았다. 우리 부부가 5년 동안 잘 해왔다는 생각이 들었다. 부모가 돼서도 잘해 나갈 수 있을 것 같았다. 아이는 신랑의 자상함과 성실함을 배우고, 나는 책임감과 참을성을 가르칠 테지. 아이는 엄마 아빠의 다정한 모습을 보며 따뜻한 마음도 키울 것이다. 내 안의 불안의 바람이 약해지는 게 느껴졌다.

　하얀 커튼이 열리고, 모직코트를 입은 신랑이 누워있는 나를 보고는 환하게 웃었다. 신랑은 내 옆에 앉아 내 손을 잡아주었다. 나는 신랑에게 이야기했다. 우리는 잘할 거라고. 그리고 나서 우리는 서로 얼굴을 보며 진짜 오늘이냐며 웃음을 터트렸다. 불안의 바람이 잔잔해졌다. 우리는 오후 4시가 넘어 분만실로 이동했고, 5시 16분까지 이어진 진통 끝에 아기가 세상에 나왔다. 그날 내 안에 불던 바람이 멈추며 나는 엄마가 되었다.

　지금도 아기를 보면 종종 그때 생각이 나서 미안한 마음이 든다. 이렇게 예쁜 아기를 품고 온몸으로 흔들렸구나. 따뜻한 봄 햇빛이 들어오는 방에서 곤히 잠든 3개월 아기의 얼굴을 들여다보았다. 평화로운 아기의 얼굴이 어쩐지 안쓰러워서 머리를 한 번 쓰다듬었다. 우리 아기가 따뜻한 봄바람을 만나기까지 견뎌야 했던 바람은 차가운 겨울바람만은 아니었으리라. 아기의 얼굴을 보며 나지막이 중얼거렸다. 아가, 앞으로는 흔들리지 않는 엄마가 되도록 할게.

미련하게도 질투가 불쑥 찾아온다

유행이 지난 파란 커튼을 당겨서 베란다를 통해 들어오는 햇빛을 가렸다. 커튼 그늘 아래 좀비 같은 몸을 눕히고, 누가 들으라는 듯이 그러면서도 정말 누가 들을까 봐 조심스럽지만 거친 한숨을 내뱉었다. 익숙하지 않은 공간, 이곳에서 몸도 마음도 불편하게 누워서 내 취향이 아닌 이불을 머리까지 덮어 올렸다. 오전 11시에 나는 방으로 들어오는 겨울 햇빛을 가려서 억지로 만든 어둠 속에서 눈을 감았다.

4시간 전이었다. 아침 7시가 되자 시아버님이 방문을 슬쩍 열어서 혹시 아기가 자는지 물으셨다. 아버님은 아기 얼굴을 보고 출근하고 싶으신 것 같았다. 다행히도 아기는 신랑이 출근하는 6시에 일어났고, 분유까지 먹은 후 기분 좋게 놀고 있었다. 나는 태어난 지 한 달 된 아기의 팔을 흔들어서 아버님께 출근길 인사를 전했다. 원래 이곳은 시부모님이 편히 잠을 청하는 공간이었는데, 지금은 우리 부부가 아기용품과 함께 이 공간을 차지했다. 시부모님은 우리에게 화장실이 딸린 안방을 내어주시고 거실 건너편 작은방에서 잠을 주무셨다.

아버님이 출근하신 뒤 한 시간쯤 지나 아기에게 한 번 더 수유를 했다. 기분이 좋아진 아기가 꼼지락거렸고, 나는 아기의 사랑스러운 몸짓에 나와 아기만의 세상으로 빠져들었다. 두시간에 한 번씩 밤 수유를 하느라 잠을 못 잤는데도 졸린 줄 몰랐다. 아기 손바닥에 손가락을 대기도 하고, 아기 얼굴을 이쪽 저쪽에서 관찰하기도 했다. 시간 가는 줄 모르고 아기를 보던 중에 방문 너머로 시어머님의 목소리가 들렸다. 내게 아침을 먹으라는 말이었다. 9시가 넘은 시간, 어머님이 방문을 열고 들어와서 아기를 안고 거실로 나갔다. 나도 어머님을 따라 방을 나와서 식탁 앞으로 이동했다. 어머님은 내게 편하게 식사하라고 말씀하셨다. 내 앞에는 미역국과 함께 잘 차려진 식탁이 놓여있었지만 내 눈에는 어머님에게 안긴 아기만 보였다.

나는 밥을 다 먹고 식탁에서 거실까지 네 발자국도 안 되는 거리를 촘촘히 걸어 아기에게 갔다. 어머님이 힘드시니 내가 안겠다는 말로 포장해서 내 아기를 돌려받으려고 했다. 어머님은 아기를 안은 몸을 내 반대 방향으로 돌리셨다. 그리고는 내게 들어가서 자두라고 말씀하셨다. '내 아기를 내가 안겠다는데 왜 안 주시는 거야!' 하는 마음속 외침이 조금씩 얼굴에 드러났다. 어머님에게 아침 식사를 권하며 부득불 내가 아기를 다시 데려와 안았다. 결국 어머님은 아침 10시에 늦은 아침 식사를 시작하셨다. 나는 아기를 안은 채 기억자 모양으로 길게 놓인 거실 회색 소파에 앉아서 식탁에 앉아 계신 어머님과 아침 수다를 이어갔다. 졸리지 않다고 우기며 아기를 안았는데 내 머리는 어머님과 나누는 대화를 따라가지 못했다. 식탁과 반대편 거실 끝에 놓인 빨래 건조대에 햇빛이 조금씩 밀려들어오는 걸 보고 있으니 나도 조금씩 몽롱해졌다. 나는 살며시 아기를 따뜻한 햇빛 옆으로 내려놓았다.

대화가 점점 더 깊은 몽롱함에 묻힐 때였다. 아기가 갑자기 울음을 터트렸다. 나는 아기를 급하게 안아 올려서 달랬다. 어머님은 식사를 멈추고 바로 의자에서 몸을 띄우셨다. 어머님이 안으면 아기가 금방 울음을 멈출 거라는 말에 마음속 무언가가 불쑥 올라왔다. 나는 다급하게 내가 달래겠다고 말했다. 서로 아기를 달래겠다는 실랑이가 소파 건너편 켜지 않은 TV에 비쳤다. 나는 그간 이렇게까지 고집을 부린 적이 없었다. 내 고집에 결국 어머님이 한 발 물러나셨다. 내가 엄만이 내가 달래면 울음을 더 빨리 그칠 것이다. 나는 그렇게 생각했다. 아기 얼굴을 가슴에 밀착시키고, 왼쪽 팔로 아기 엉덩이를 지탱해서 안았다. 반대쪽 손은 아기 목과 등을 감싸서 조심스럽게 토닥였다. 내 품에서 금방 안정을 찾을 줄 알았는데, 아기는 멈추지 않고 계속 울었다. 나는 조급한 마음으로 아기를 안고 거실을 걸어 다녔다. 아기는 더 서럽게 울었다. 어머님은 아기가 안쓰럽다며 다시 본인이 안겠다고 하셨다. 나는 못 들은 채 다시 자세를 바꿔 요람 자세로 아기를 안았다. 소용없었다. 마지막 방법으로 어머님 방식을 흉내 내보았다. 겉싸개로 아기를 돌돌 감고 안아서 거실을 걸었다. 그래도 아기는 내 품은 필요 없다는 듯이 울었다.

"너 이럴 거면, 할머니랑 살아!"

툭 튀어나오는 말과 함께 아기를 바닥에 내려놓았다. 넓은 거실, 색 바랜 베이지빛 나무로 채워진 마루에 꽃무늬 겉싸개로 돌돌 말린 아기가 서럽게 울었다. 결국 어머님이 와서 아기를 안고 거실을 걸었다. 아기는 서서히 울음을 그쳤다. 나는 거실 바닥에 주저앉아서 어머님 품에서 잠드는 아기를 바라봤다. 마음이 무너지는 것 같았다. 어머님은 아기를 안은 채 아무렇지 않은 표정으로 내게 아기 걱정은 말고 좀 자두라고 이야기하셨다. 나는 그 말에 못 이기는 척 안방으로 들어가서 문을 닫았다.

그렇게 오전 11시에 반질거리는 파란색 커튼을 쳐서 햇빛을 가리고 이불을 뒤집어썼다. 조심스럽게 내뱉은 성난 한숨 뒤에 눈물이 폭발했다. 밤에 잠도 못 자고 아기를 안았다. 그런 밤중 내 노력은 아무짝에도 쓸모가 없었다. 엄마 품보다 할머니 품을 좋아한다니 인정하고 싶지 않았다. 낮에 내가 아기를 못 안게 하는 어머님이 꼭 내 아기를 뺏어가기라도 한 것 같아 밉다는 생각마저 들었다. 나는 익숙하지 않은 방에서 이불을 뒤집어쓴 채 끓어오르는 감정들을 함께 재웠다.

시댁에서 지내는 3주 동안, 나의 못난 질투는 불쑥불쑥 찾아왔다. 우리 부부에게 선뜻 안방을 내어주신 고마움은 질투가 자꾸만 덮어버렸다. 우리 부부는 2020년 신정에 아기를 데리고 시댁을 떠나 리모델링이 끝난 집으로 들어갔다. 그 후로도 어머님은 일주일에 한 번씩 내게 연락하셨다. 내 손목이 아픈 것은 괜찮은지, 내가 잘 챙겨 먹고 있는지 등 아기 걱정 못지않게 내 안부도 챙기셨다. 그런 어머님께 다시 미안하고 고마운 마음이 들었다. 못나게 질투했던 내가 부끄러웠다. 시댁에서 지내는 동안 아기가 할머니, 할아버지께 사랑받길 바라면서도 시어머님과 아기의 유대를 질투했다. 내 마음이었지만 그 이중적인 마음이 이해되지 않았다.

이사 3주 후, 설날에 시댁 식구들이 우리 집에 방문하기로 했다. 아기와 함께 움직이기 힘든 우리를 위한 배려였다. '이번에 오시면 감사의 태도로 대하리라' 하고 다짐했다. 설날 우리 집 현관으로 들어오는 시댁 식구에게 고마움을 담아 따뜻한 미소를 지었다. 거실에 새로 단 하얀 시스루 커튼으로 햇빛이 통과하며 안개처럼 퍼졌다. 소파는 비워둔 채 아기침대 근처로 사람들이 모여 섰다. 3주 사이 아기가 컸다며 대견해하는 소리가 들렸다. 아기에게 인사하는 어른들의 애교 섞인 목소리에 집안 분위기가 밝아졌다. 나는 부엌에서 식구들에게 전달할 커피를 내렸다. 그때였다. 아기가 칭얼거리기 시작했다. 어머님과 내가 동시에 아기에게 향했다. 순간 나는 아기를 안는 어머님을 보고 한 발 물러났다. 어머님의 반가운 미소를 보니 나도 뿌듯한 미소가 지어졌다.

"아기가 내가 안는 걸 좋아해. 내가 안아야 아기 얼굴이 편해."

불쑥, 고개를 내미는 감정. 그렇게 미련하게도 또다시 질투가 찾아왔다.

슬픔으로 흘려보내고 나면

11월 첫째 주 금요일이었다. 평소보다 무거운 공기를 밀어내며 몸을 일으켰다. 전날 우리 아기는 어린이집에서 엄마와 떨어지는 경험을 했다. 생후 11개월 아기에게는 그 일이 충격이었는지 아기는 낮이고 밤이고 나를 찾으며 울었다. 나는 새벽에 수시로 우는 아기를 달래며 아기방에서 뜬눈으로 밤을 보냈다. 어린이집 적응 5일째인 그날은 아기의 컨디션을 고려해 엄마와 함께 어린이집에서 시간을 보내기로 했다. 어린이집에서 나는 퉁퉁 부은 눈을 억지로 뜨고 앉아서 30분간 아기가 노는 모습을 지켜봤다. 10시 30분에 아기를 안고 집으로 가면서 생각했다. 아기 낮잠 시간이니 집에 도착하면 아기는 잠들 테지. 집으로 가는 길에 차가운 가을바람을 맞으며 본 아파트 단지의 노랗고 빨간 단풍이 우중충하기만 했다.

집에 도착해서 하늘색 벽지로 꾸민 아기방으로 들어갔다.

아기는 손가락을 빨며 눈을 감은 채 내게 안겨있었다. 조심스레 파란색 침대에 아기를 내려놓았다. 그 순간 갑자기 아기가 눈을 떴다. 아기는 무섭다는 표정을 하고 싫다고 칭얼거렸다. 곧 두 팔을 위로 뻗고, 다리를 바둥대며 '으앙' 하고 소리를 질렀다. 나는 조급하게 아기를 다시 안고 방 안을 걸으며 달래봤지만, 아기는 팔다리를 모아서 나를 밀어냈다. 다시 아기를 침대에 눕히자 아기는 침대 난간을 잡고 서서 서럽게 울었다. 내가 아기를 안고 눕히고를 반복하는 동안 아기 울음소리는 점점 더 날카로워졌다. 급기야 아기는 익룡이 내는 듯한 고주파 소리를 냈다. 아기방이 흔들리는 것만 같았다. "아, 제발…" '그만해'라는 말은 속으로 삼켰다. 아기를 거실에 두고 놀게 해보았다. 아기는 놀지 않고 내게 매달리며 울었다. 결국 나는 자지도 놀지도 않는 10kg 아기를 안았다 내려놨다 하며 몽롱한 정신으로 오전 시간을 보냈다.

그날, 나는 점점 더 무거워지는 공기를 견뎌야 했다. 아기는 이유식 먹을 때는 숟가락을 던지며 울었고, 놀면서는 내게 붙어 안아달라고 울었다. 종일 이어지는 아기의 울음에 집안이 일렁이는 것만 같았다. 한 시간을 달래서 아기 낮잠을 재우고 나면 오전에는 이유식을 만들러, 오후에는 신랑과 먹을 저녁을 만들러 부엌으로 향했다. 부엌에 서서 정리되지 않은 거실과 식탁을 바라보고 있으니 먹먹함이 차올랐다. 아기가 잠든 시간에 쉬려던 생각이 얼마나 사치였는가. 힘들게 잠든 아기는 30분 만에 일어나 나를 찾았다. 오후 낮잠에서 깬 아기를 안고 아기방을 나올 때 야근한다는 신랑의 문자를 확인했다. 나는 아침보다 무거워진 공기 속에서 저녁 시간을 보냈다.

평소 9시에 자는 아기가 8시가 되자 눈을 비볐다. 낮잠을 충분히 자지 못했으니 그럴만했다. 아기를 재우기 위해 방으로 데리고 들어갔다. 아기는 안으면 눕혀달라는 듯, 눕히면 안아달라는 듯 울었다. 내 키보다 작은 아기 침대에 누워서 아기를 안아 재워보려고 했다. 그때 아기의 고음이 폭발했다. 아기방에 울려 퍼지는 아기 울음소리가 칠판을 손톱으로 긁는 소리처럼 내 신경을 긁었다. 나는 아기를 침대에 내버려 두고 옆에 앉아서 무릎을 껴안고 고개를 박았다. 아기는 그 상태로 한 시간을 서럽게 울다가 겨우 잠이 들었다. 잠든 아기를 보고 있으니 코끝까지 먹먹함이 올라와서 숨을 당겼다. 소리가 샐 것만 같았다. 다급하게 손으로 코와 입을 막고 아기방을 빠져나왔다.

불 꺼진 거실을 걸어 식탁 옆 벽으로 이동했다. 벽에 등을 대고 몸을 낮춰서 식탁 그늘 아래 쪼그려 앉았다. 식탁 상판을 타고 주황색 조명이 식탁 아래로 녹아내렸다. 손가락 사이로 당겨진 숨이 코와 입으로 들어갔다. 눈물이 쏟아졌다. 마침 집으로 들어온 신랑이 나를 보고 달려왔다. 그리고는 무슨 일이냐고 물었다.

"뭘 잘못하고 있는지 모르겠어요."

나는 숨을 당기며 말했다. 엄마가 돼서 아기가 원하는 것도 모른다는 책망, 아기에게 활기찬 모습을 보이지 못했다는 자책, 아기 울음을 달래기 위해 뭘 해야 하는지 모르겠다는 무력감이 거실 공기에 가득 차서 무겁게 나를 눌렀다. 신랑은 내 옆에서 가만히 듣다가 내 어깨를 토닥였다. 순간 종일 아기를 안았던 몸이 근육통으로 아프고, 잠도 제대로 자지 못하는 내가 안쓰러워 다시 한번 눈물이 쏟아졌다. 거실 공기 속의 감정도 눈물과 함께 흘러내렸다. 눈물이 멈추자 신랑은 나를 다시 한번 토닥이고, 퇴근길에 사 온 월드콘 하나를 내 손에 쥐여줬다.

토요일 아침, 퉁퉁 부은 눈을 떠서 몸을 일으켰다. 공기는 더 이상 무겁지 않았다. 새벽 2시에 깬 아기를 달래긴 했지만 전날만큼 힘들지는 않았다. 아침 이유식을 준비하면서 전날 일을 떠올려봤다. 어린이집에서 엄마와 떨어졌던 일이 아기에게는 큰일이었겠지. 잠자는 시간에도 엄마가 없어질까 불안한 건 아닐까. 생각해보니 아기를 아기띠로 안고 어린이집에서 집으로 오는 동안에는 아기가 잘 자고 있었다. 집에서도 아기띠로 안아서 재워봐야겠다. 아침 이유식을 먹이면서 아기 얼굴을 들여다보니, 아기의 표정이 불안해 보였다. 잘 웃던 우리 아기가 어디 갔나 싶어 마음이 아팠다. 나는 아기를 향해 싱긋 웃었다. 아기는 내 눈을 보며 3초간 멈췄다가 곧 씨익 하고 따라 웃었다. 전날 쉬고 싶던 나의 조급함과 경직되었던 내 표정이 아기를 더 불안하게 했는지도 모르겠다. 아기는 기분 좋게 이유식을 다 먹고, 행복한 웃음소리를 내며 놀다가 10시 30분이 넘어 하품을 했다. 나는 아기띠를 꺼내와서 아기를 안았고, 아기는 내 품에 붙어 얌전하게 잠이 들었다.

잠든 아기를 안고 거실을 걸으며 베란다를 바라봤다. 벚꽃 나무의 노란 잎 사이사이로 햇빛이 들어오고 있었다. 노란 단풍으로 물든 가을 풍경과 가을 햇빛이 참 따뜻하고 예쁘게 보였다.

그리울 줄 알았어

복직을 3개월 앞두고 생후 11개월 우리 아기는 어린이집 등원을 시작했다. 초록 잎사귀가 하나둘 단풍으로 물들며 가을을 준비할 때, 나는 조금씩 아기와 떨어져 있는 시간을 준비하고 있다. 아기는 내가 품에서 내려놓자마자 어린이집을 탐색했고, 새로운 공간과 장난감에 관심을 보였다. 아기가 어린이집에 적응하는 기간이라 나도 어린이집에 들어가서 아기가 노는 모습을 지켜봤다. 아기는 금세 나를 등지고 앉아서 선생님과 놀기 시작했다. 그런 아기의 뒷모습을 보고 있자니, 방금까지 아기가 머리를 대고 있던 왼쪽 가슴이 어렴풋이 아려왔다.

전날, 대학 동기가 집에 놀러 왔다. 임신했을 때부터 한번 보자고 말만 하다가 아기를 낳고 11개월이 지나서야 만남이 성사됐다. 동기는 나보다 한 살 많은 언니였다. 언니는 정적인 나를, 나는 자유분방한 언니를 서로 동경하며 대학생활을 함께 보냈다. 첫 직장도 같은 곳이었고 직장에서 비슷한 이유로 힘든 시간을 보내기도 했다. 그러다가 30대가 되기 전에 나는 국내 전문 IT 기업으로, 언니는 외국계 IT 회사로 이직했다. 언니와 나는 회사가 달라지고 나서도 비슷한 경험을 했고 비슷한 고민을 나눴다. 30대 중반의 우리는 이제 엄마로, 골드미스로 서로 다른 경험을 쌓고 있었다.

언니는 우리 집에 들어와 마스크와 초록색 트렌치코트를 벗었다. 언니와 나는 피자 한 판을 식탁에 두고 마주 앉았다. 나는 아기 의자에 앉아 있는 아기에게 점심 이유식을 먹이며, 언니는 피자 한 조각을 뜯으며 이야기를 나눴다. 부동산, 재테크, 시시콜콜한 일상 이야기를 나누다가 나는 언니에게 회사 이야기를 물었다. 언니는 마스카라로 곱게 빗어 올린 속눈썹 아래 눈동자를 반짝이며 대답했다. 외국계 기업에서 일하는 언니의 상사는 중국에서 아시아 지부를 총괄하고 있고 중국인이었다. 상사가 일을 그만두면서 자연스레 언니에게 상사의 포지션으로 제안이 들어왔다고 했다. 그런데 회사 방침을 보니 승진할 수 있는 달은 5월로 정해져 있었고, 언니는 10월인 지금부터 승진은 하지 않았지만 리더 업무를 해야 한다고 했다. 불편한 상황에 마음이 상한 언니는 월요일에 급작스레 휴가를 사용하고 우리 집을 왔던 것이다. 아시아 총괄 리더, 나는 언니가 대견하고 멋있었다. 언니의 두 볼에서 블러셔와 함께 빛나는 생기도, 정갈하게 풀어놓은 밝은 염색머리도, 빨간 테슬이 달린 하얀 블라우스도 모두 반짝였다. 무엇보다 회사 이야기를 할 때 미간을 좁혀 집중하는 언니의 모습이 열정으로 반짝반짝 빛났다. 무채색 셔츠와 통 넓은 바지를 입고 앉아 있는 내 모습에는 언니와 같은 반짝거림은 없었다.

언니 모습이 부러웠던 건지, 내 모습이 부끄러웠던 건지 흐리멍덩한 눈으로 예전 내 모습을 찾아서 기억을 곱씹었다. 빛바랜 사진 같은 기억 속에 나도 언니처럼 반짝였다. 그때의 나는 언니처럼 미간을 찌푸려서 집중하고 있었다. 마스카라로 속눈썹을 바짝 올려서 눈을 또렷이 뜨고 컴퓨터 화면 속 코드를 보고 있었다. 컴퓨터 소리가 바쁘게 돌아가는 사무실 안, 내 책상에서 나는 화려한 블라우스와 나풀거리는 치마를 입고 앉아 있었다. 단정하게 넘긴 앞머리 밑으로 눈이 빛났고, 흐트러짐 없이 묶은 머리 아래 금속 귀걸이도 반짝였다. 나는 코드를 읽으며 모바일 앱 속 버그를 쫓았다. 기억 속 내가 반짝반짝 빛났다. 빛나는 기억 속에 회사를 다니던 순간들이 나타났다. 출근길에 회사 1층 카페에서 커피를 기다리던 순간, 복작복작한 식당에서 회사 동료와 밥을 먹는 순간, 그리고 회의실에 앉아 있던, 퇴근길 밤하늘을 보던 순간들. 나는 그 순간들을 치마를 나풀거리며 걸어 나왔다. 그리울 것 같았다. 임신 초기에 퇴근 후 집에서 블라우스와 치마를 벗어 놓으면서 생각했다. 시간이 지날수록 점점 입지 못하겠지. 출산 후에도 아기를 보면서 입을 일은 없을 거다. 이 옷을 입고 빛나던 나도 같이 사라질 것 같았다.

벨이 울렸다. 언니가 우리 집으로 배달시켜 놓은 아기 선물이 도착했다. 언니는 아기에게 선물을 풀어주면서 물었다.

"복직 준비해야 하는 거 아니야?"

복직해도 기억 속 내 모습으로 돌아가진 못하겠지. 머릿속에 생각을 묻은 채 언니와 대화를 이었다. 나는 다시 적응해야 하는 회사도 떨어트려 놓아야 하는 아기도 모두 걱정이라고 말했다. "몸이 기억할 거야, 금방 적응하겠지." 언니는 담담하게 말했다. 언니는 아기가 낮잠이 들고 나서도 한 시간쯤 더 머물다가 저녁 먹기 전에 우리 집을 떠났다.

언니가 다녀간 뒤로 미련 같은 잔상이 재생되며 그리운 것 같은 기분이 들었다. 사실 그리웠던 걸까. 아기를 낳고 11개월이 지나도록 직장인으로 살던 때를 떠올린 적이 없었다. 그립지 않은 줄 알았다. 어쩌면 그리워할 새가 없었던 것 같다. 아기를 낳고 처음에는 2시간마다 한 번씩 수유하느라 잠잘 시간도 부족했고, 4개월부터는 이유식을 만드느라 바빴다. 8개월부터는 이리저리 기어 다니는 아기를, 10개월이 돼서는 걷기 시작한 아기를 쫓아다녔다. 블라우스와 치마를 입은 나는 사라지고, 이유식이 묻은 셔츠를 입은 내가 버그 대신 아기를 쫓고 있었다.

"꺄" 하는 맑고 청량한 고음이 나를 불렀다. 어린이집에서 장난감 바구니를 하나씩 꺼내던 아기가 나를 향해 기어 왔다. 내 무릎에 와서 얼굴을 부비고는 찡긋하고 웃었다. 아기는 엄마의 심장을 울리는 정확한 주파수를 아는 걸까. 나도 눈을 찡긋하고 입술을 활짝 펼쳐 웃었다. 엄마가 되기 전에는 이렇게 웃어 본 적이 없었다. 그저 행복해서 나오는 웃음이었다. 그래, 생각보다 예전이 그립지 않았던 이유는 아마 이 행복한 웃음 때문이겠지. 예전과 다르지만 나는 분명 빛나고 있었다. 복직하고 나서도 또 다르게 빛날 테지.

아기를 안고 집으로 가는 길, 차가운 가을 공기 속에서 느껴지는 아기의 온기가 좋았다. 아기는 내 가슴에 머리를 대고 손가락을 빨기 시작했다. 복직하고 나면 내가 하원 시킬 일도 없을 텐데, 이 순간도 3개월 뒤면 느끼지 못할 순간일 테지. 아기를 안은 그 시간이 소중하게 느껴졌다.

태어났을 때는 내 한쪽 팔뚝 크기만큼 작은 아기였는데, 언제 이렇게 컸는지. 집으로 가는 발걸음 하나하나에 너와 함께 한 일 년을 떠올려 본다. 3개월에는 새빨간 얼굴로 용쓰며 뒤집기를 했고, 4개월에는 노란 블록을 향해 배밀이를 했지. 7개월에는 앉고, 8개월에는 서고, 11개월에는 발걸음을 떼서 내게 우다다 와서 안기기까지 했다. 그 모든 순간에 나도 네 옆에서 너를 응원하고 너와 같이 웃었다. 내가 발을 내딛을 때마다 아기 다리가 아기띠 아래로 흔들렸다. 나는 아기띠 위로 덮은 담요를 당겨서 아기 다리를 감쌌다. 내 상체에 가득 차서 안긴 아기를 다시 한번 꼭 안았다. 내가 엄마가 되는 건 그려지지 않는 미래였는데, 너와 함께한 시간이 이제 예쁘게 그려진 과거가 되고 있다. 또다시 그려지지 않는 미래를 3개월 앞에 두고 생각했다. 복직하고 나면 나는 너와 보낸 일 년이 그리울 것 같다.

03

황
세
원

무지개떡
슬픈 신랑
응급실 출입증

30대 중반,

심적으로 탈진해 버리는 순간이 왔다.

더이상 아무것도 할 수 없을 것 같았다.

내가 정말 하고 싶은 일이 무엇인지를 생각해보았다.

그렇게 글을 쓰기 시작했다.

그리고 글을 쓰면서 내 마음이 치유되기 시작했다.

바람이 점점 차가워지고 있었다. 진료실 창밖으로 보이는 나무들은 이파리가 거의 없이 앙상했다. 화단에는 낙엽들이 뒹굴었다. 서울에 있는 대학병원을 그만두고 충청남도의 작은 군에 있는 병원에서 일하기 시작한 지 한 달 남짓 지났을 때였다. 내 진료실에는 아직 환자가 별로 없었다. 가끔 오는 환자마저도 두드러기 난 사람, 설사하는 사람, 감기 걸린 사람 정도였다. 이식병동, 중환자실을 드나들고 시도 때도 없이 울리는 핸드폰에 신경을 곤두세우던 이전과는 180도 다른 생활이었다.

아침에 출근했더니, 진료실이 춥다고 문팀장님이 작은 난로를 가져다주었다. 그 호의에 감사하며 난로를 다리 가까이에 두었다. 내 몸이 붕어빵처럼 따끈따끈하게 구워지는 듯한 그 느낌이 좋았다. 몸은 데워지고 환자는 별로 없으니 몸이 나른

해졌다. 그렇게 평화로운 평일 오전 10시쯤이었다.

70대 할아버지가 아들과 함께 진료실에 걸어들어왔다. 할아버지는 체한 것 같다며 속이 안 좋아서 왔다고 했다.

"속이 어떻게 안 좋으세요?"

"(가슴 사이를 손으로 짚으며) 여기가 쓰리고 아프네요."

"언제부터 아프셨어요?"

"오늘 아침 6시부터요."

"어떻게 아프세요?"

"뻐근하게 아프네요."

"혹시 움직이면 더 아프신가요?"

"가만히 있어도 아픈데 움직이니까 더 아픈 것 같네요."

대화를 이어가면서 내 심장 박동수는 점점 빨라졌다. 이전에 특별히 진단받은 병이 있는지, 술이나 담배를 하는지 물어보았다. 할아버지는 술은 자주 마시지 않지만 담배는 피우고, 고혈압약을 먹고 있다고 대답했다. 담배를 피우고 고혈압이 있는 70대 남자가 오늘 아침부터 갑자기 가슴이 뻐근하게 아프다니. 내 머릿속에 가장 먼저 떠오르는 질환은 딱 하나였다.

"당장 심전도부터 찍어봐야겠습니다."

환자를 서둘러 침대 위에 눕히고 심전도를 촬영하였다. 기계에서 지익지익 소리가 나면서 결과지가 천천히 인쇄되어 나왔다. 인쇄가 다 끝난 후 간호사가 결과지를 나에게 건네주었다. 심전도 결과지를 들고 있는 내 손이 미세하게 떨리기 시작했다. 고개를 들어보니 모두가 나만 쳐다보고 있었다. 결과지에는 높이 치솟은 곡선들이 여러 개 그려져 있었다. 교과서에서 예시로 나올 법한 전형적인 급성심근경색 소견이었다.

몇 개월 전이었다면 병원 내 순환기내과에 연락하면 되었지만 이제는 아니었다. 이 병원 전체에 내과의사는 나 혼자뿐이었다. 급성심근경색에서 골든타임은 병원 도착 후 90분이다. 그러니까 이 환자에게 필요한 건 1분이라도 빨리 심장의 막힌 혈관을 뚫어주는 것이었다. 한시가 다급했다. 우선 할아버지와 아들에게 설명했다. 심장을 먹여 살리는 혈관을 관상동맥이라고 하는데 그 혈관이 막힌 것 같고 이를 심근경색이라고 부른다고. 이를 방치하면 심장마비가 올 수 있는 매우 위험한 병이고 응급으로 관상동맥을 뚫어주는 시술이 필요하니 큰 병원 진료가 필요하겠다고. 다른 자녀들에게도 연락해서 할아버지가 급성심근경색이고 위중한 상태임을 알리라고 덧붙였다. 할아버지와 아들은 황당해하는 듯한 표정이었다. 체한 줄 알고 왔는데, 의사가 위험하다고 빨리 큰 병원에 가라고 하니 당황스러울 법했다.

심혈관 시술이 가능한 가장 가까운 병원 응급실에 전화했다. 내가 있는 병원으로부터 16km 떨어진 병원이었다. 중환자실에 자리가 없으니 환자를 받을 수 없다고 할까 봐 두려웠다. 마음을 졸이며 기다린 끝에 응급의학과 의사와 통화연결이 되었다.

"안녕하세요. ○○병원 내과 전문의입니다. 70대 남환 급성 심근경색이 의심되어 전원 문의드립니다."

응급의학과 의사의 대답을 기다리는 동안 입에 침이 말랐다. 혹시라도 환자를 받을 수 없는 상황이라고 하면 나는 더 멀리 떨어진 병원에 문의를 해야 했다. 시간이 지체될수록 환자가 나빠질 확률은 점점 증가할 수밖에 없었다. 다행히도 그 의사는 전원 받을 수 있다고 답했다. 나도 모르게 고개를 숙여 가며 감사하다는 말을 반복하고는 전화를 끊었다.

전화를 끊자마자 서둘러 전원 소견서를 쓰고 구급차를 준비시켰다. 침착하고 싶었지만 자꾸만 허둥지둥 티 나게 서두르고 있었다. 환자는 곧 구급차를 타고 전원 되었다. 환자가 떠나고 나니 그제야 긴장의 끈이 풀리며 온몸에 힘이 빠지는 느낌이었다. 아직 근무 시작한 지 두 시간도 채 안 되었는데 밤새 당직을 선 느낌이었다. 지금 돌이켜 보면 실제로는 이 모든 과정이 20분도 채 안 걸렸다.

이제 내가 할 수 있는 일은 다했으니 시술이 잘 되기만을 빌었다. 몇 시간 뒤에 전해 들은 바로는 환자는 심혈관 시술을 받고 중환자실로 이실한 상태라고 했다. 혈관이 많이 막혀 있어서 시술이 어려웠다고 했다. 나는 마음속으로 할아버지에게 감사했다. 너무 늦지 않게 내 진료실에 찾아와준 것도 감사하고, 구급차를 타고 그 병원에 도착할 때까지 큰 탈 없이 잘 버텨준 것도 감사했다. 만약 그 할아버지의 체했다는 말만 듣고 위장약을 처방해서 보냈다면 어떻게 되었을까. 상상하고 싶지 않다.

　2주 후 목요일, 그 사이 날씨가 더 추워져서 그날 아침에는 코트 대신 패딩을 입고 출근했다. 출근하자마자 난로부터 켰다. 몇 시간 뒤, 진료실 밖이 시끌시끌했다. 웃음소리도 들리는 것 같았다. 곧 진료실 문이 열리고, 중년 여성이 밝은 미소를 지으며 들어왔다. 환자분의 표정이 너무 밝아서 의외라고 생각했다. 그런데 알고 보니 2주 전에 내원했던 심근경색 할아버지의 며느리였다. 덕분에 아버님이 무사하셨다며 감사하다는 말과 함께 '정가 떡방'이라는 글자가 새겨진 작은 박스 두 개를 내밀었다. 박스를 열어보니 고운 빛깔의 무지개떡이 가득했다. 무지개떡의 향긋한 냄새와 함께 김이 모락모락 피어났다. 떡을 하나 집어보니 폭신하면서도 따끈했다. 무지개떡의 온기와 함께 김이 채 식기도 전에 부랴부랴 들고 온 며느리의 정성 덕분에 진료실이 훨씬 따뜻해지는 느낌이었다. 오늘은 난로를 잠시 꺼두어도 될 것 같았다.

슬픈 신랑

6월 초였다. 날씨가 서서히 더워지고 있었다. 이제는 진료실에 앉아 있으면 이마에 땀이 송글송글 맺혔다. 출산 예정일을 한 달쯤 남겨놓은 시점이었다. 뱃속의 아이는 매일같이 내 배를 발로 찼다. 날씨도 더운데 만삭이라 배까지 부르니, 앉아 있어도 숨이 턱턱 막혀왔다. 그날 하루도 환자들에게 가쁜 호흡을 내색하지 않으려 애쓰며 진료를 하고 있었다. 이제 한 시간만 더 버티면 퇴근이었다.

그때, 70대 노부부가 진료실에 들어왔다. 할아버지는 할머니가 탄 휠체어를 밀고 있었다. 할머니의 얼굴은 창백했고 손가락은 마디마디 뼈가 드러날 정도로 말라 있었다. 할머니는 말 한마디 할 힘조차 없어 보였다. 할아버지는 할머니가 폐암 환자인데 기력이 너무 없어서 데리고 왔다고 했다. 폐암을 언제 진단받고 현재 어떠한 상태인지를 묻자, 할아버지는 잘 모르겠다는 듯 대충 얼버무렸다. 연세가 많아서 무슨 상태인지 잘 모르는 것인가라는 생각이 들었다. 할머니가 집으로 돌아갈 컨디션이 아닌 것 같아 우선 입원장을 냈다. 할머니는 기본 혈액검사와 엑스레이를 진행하고 병실에 입원했다.

몇 분 뒤 검사 결과를 열어본 나는 깜짝 놀랐다. 환자의 복부 엑스레이를 보니 장이 곧 터질 것처럼 심하게 늘어나 있었다. 보호자인 할아버지를 다시 진료실로 모셨다. "할머니 장이 운동을 거의 하지 않고 멈춰 있습니다. 그래서 장이 빵빵하게 늘어나 있습니다. 이런 상태를 '장폐색'이라고 합니다. 이럴 때는 아무것도 드시지 말고 코부터 위까지 이어지는 관(비위관)을 꽂고 있어야 하는데, 꽂는 과정이 많이 고통스럽습니다. 아마 보호자분께서도 보기 힘드실 거예요. 제가 지금 올라가서 직접 관을 꽂을 테니 어르신께서는 10분쯤 뒤에 병실로 올라오세요."

비위관을 꽂고 3일이 지났지만 장폐색은 전혀 호전되지 않았다. 그대로 두면 장이 괴사될 것 같았다. 옆 도시에 있는 큰 병원으로 전원을 가는 게 좋겠다고 할아버지에게 말했다. 하지만 할아버지는 큰 병원으로 가기 싫다고 버텼다. 나는 환자가 폐암으로 사망하기 이전에 장폐색으로 인한 괴사로 당장 사망할까 봐 두려웠다. 할아버지에게 이러다가는 당장 내일 사망할 수도 있으니 제발 큰 병원으로 전원 가시라고 재차 말했다. 할아버지는 그제서야 할머니의 정확한 상태를 말해주었다. 할머니는 폐암이 뇌까지 전이된 상태이고 3개월 정도 남았다는 말을 이미 두 달 전에 들었다고 했다. 그래서 어차피 할머니 기대여명이 1-2개월도 채 안 남은 것을 이미 알고 있다고 했다. 이런 말을 할머니가 듣는 게 싫어서 입원하던 날 진료실에서는 말을 얼버무린 것이었다. 할아버지는 나에게 간곡하게 부탁했다. 큰 병원을 간다고 해서 더 오래 살 것도 아니니 괜히 더 고생시키지 말고, 여기서 편하게 보내주고 싶다고.

그제서야 나는 할머니의 장폐색이 이렇게까지 호전이 없는 이유는 폐암의 전이 때문일 수도 있겠다는 생각이 들었다. 어차피 남은 시간이 많지 않다면 남은 시간 내가 전전긍긍하기보다는 할머니의 마음이라도 편안하게 해드려야겠다고 생각했다. 어떤 날은 할머니의 손을 잡기도 했고 어떤 날은 한 웅큼 빠져 베개에 어질러진 할머니의 머리카락을 줍기도 했다. 할머니의 장은 괴사되지 않았지만 전신 상태는 점점 나빠졌다. 입원한 지 3주쯤 되자 할머니의 의식이 흐려졌다. 며칠 더 지나자 혈압이 떨어지기 시작했다. 이제 할머니에게 남은 시간이 하루 이틀밖에 없을 것 같다는 느낌이 들었다. 할아버지에게도 이러한 상태를 말씀드렸다.

이틀 뒤, 평소처럼 아침에 출근해서 할머니의 밤 동안 상태 기록을 제일 먼저 열어보았다. 할머니는 내가 출근하기 5분 전에 이미 사망한 상태였다. 기록에는 당직 의사가 사망 선고를 했다고 적혀 있었다. 할머니에게 직접 작별 인사를 드리고 싶었다. 초조한 마음에 급히 병동에 올라갔다. 다행히 할머니는 아직 병실에 있었다. 병동 간호사는 "과장님 만삭이신데 좋은 것만 보셔야죠"라며 만삭인 나를 걱정하였다. 그 말을 들으며 조심스레 병실 문을 열고 들어갔다. 할아버지, 아들과 며느리, 딸들을 포함한 가족들이 침대를 둘러싸고 있었다. 이미 사망선고가 끝난 상태였기에 의사인 나는 그 공간에서 더 이상 필요 없는 존재였다.

고운 한복이 병실 한 켠에 놓여 있었다. 정갈한 흰색 저고리에 윤기가 도는 회색 치마였다. 할아버지는 가는 길에 마지막으로 잠깐이나마 할머니에게 고운 옷을 입혀주고 싶다고 했다. 자녀들은 할머니의 회색 치마를 먼저 입혔다. 그리고 저고리를 입히려 했다. 왼쪽 팔에는 겨우 저고리를 입혔지만 오른쪽 팔이 저고리에 들어가지 않았다. 이미 사후강직이 시작되어 팔을 굽히는 것이 쉽지 않아 보였다. 딸들이 말했다.

"아버지, 엄마 이쪽 팔은 그냥 이렇게 덮어 드리기만 해야 할 것 같아요."

"아니야 입힐 수 있어. 할멈, 신랑이 입혀 줄게. 입을 수 있어. 이렇게 해봐. 자, 그래 그래 잘했어."

할아버지는 마치 살아있는 사람 옷을 입히듯 어르면서 할머니의 오른쪽 팔을 저고리 속으로 밀어 넣었다. 그러자 거짓말처럼 할머니의 오른쪽 팔이 저고리에 들어갔다. 할아버지의 얼굴은 미소를 띠려고 노력하고 있었지만 목소리에서는 꾹꾹 눌러 담은 흐느낌이 느껴졌다. 오늘만큼은 세상에서 가장 '슬픈 신랑' 같았다. 나는 한복을 곱게 차려입은 할머니의 손을 마지막으로 잡았다. 그 손은 어제와 달리 딱딱하고 차가웠다. 마음속으로 좋은 곳으로 가시라는 작별 인사를 드리고 병실을 나섰다.

　서글픔과 안타까움이 뒤섞인 감정과 함께 눈앞이 뿌예진 채로 병실 복도를 걸었다. 서너 걸음 걷고 나니, 뱃속에서 아이가 내 배를 발로 찼다. 나는 놀라서 발걸음을 멈췄다. 매일 태동이 있던 아이는 어제 그제 태동이 전혀 없었다. 그래서 불안한 마음에 걱정이 점점 쌓여가고 있었다. 아이도 나처럼 이 할머니 때문에 마음을 졸인 것일까. 할머니가 고운 한복을 입고 편안한 모습을 보니 이제야 마음이 놓인 것일까. 뱃속의 아이가 괜찮다고 괜찮다고 나를 토닥이며 위로해 주었다.

응급실 출입증

여느 날처럼 월요일 아침 엄마에게 아이를 맡기고 서둘러 집을 나섰다. 집 앞 버스 정류장에서 병원으로 향하는 버스를 탔다. 이제 날씨가 제법 더웠다. 병원에 도착하니 이마에 땀이 맺혔다. 가운을 입고 차가운 커피를 한 모금 마시며 진료 프로그램을 켰다. 월요일 아침이라 환자가 많았다. 환자를 네다섯 명쯤 봤을 때 핸드폰 진동음이 울렸다. 핸드폰을 열어보니 시퍼렇게 멍이 든 아이의 다리 사진이 보였다. 아이 양쪽 다리에 작은 멍 여러 개가 보인다며 엄마가 사진과 함께 문자를 보낸 것이다. 주말 동안 아이는 별다른 문제없이 잘 먹고 잘 뛰어놀았다. 그래서 난 대수롭지 않게 여겼다. '주말에 열심히 뛰어놀아서 여기저기 부딪혔겠지.' 하지만 엄마가 불안해하는 것 같아서 소아과 진료를 보는 게 좋겠다고 답을 보냈다. 나는 다시 환자 차트로 눈을 돌렸다.

아침에 엄마와 나눈 연락은 잊고 평소처럼 바쁘게 보냈다. 이제 곧 퇴근 시간이었다. 드르륵. 엄마에게서 다시 문자가 왔다. 소아과 진료를 봤더니 의사가 손끝을 찔러 혈소판 검사를 하자고 했단다. 10분쯤 지났을까 전화가 왔다. 엄마는 걱정스러운 목소리로 나에게 말했다.

"헌이가 혈소판이 5만 2천개래. 수치가 너무 낮다고 큰 병원 가보래."

지금 이게 무슨 소리지? 순간 전화를 받은 내 손도 내 머리도 딱딱하게 굳어버리는 느낌이었다. 아무것도 눈에 들어오지 않았다. 근무를 끝내고 허둥지둥 건물 밖으로 나갔다. 급한 마음에 택시를 타려고 도로변에서 손을 흔들어 보았지만 지나가는 택시가 한 대도 없었다. 5분쯤 뒤에 버스가 도착했다. 버스 의자에 앉자, 혈소판이 낮은 험악한 질환들이 머릿속에 마구 떠다녔다. 백혈병이라는 단어가 자꾸만 떠올랐다. 소아암 병동에서 보았던 환아들의 모습이 연달아 그려졌다. 생각을 지우려고 애썼지만 소용없었다.

당시 아이는 몸의 다른 부위는 괜찮았다. 무릎 주위로만 멍이 많았다. 그리고 잘 먹고 잘 노는 상태였다. 지금 생각해보면, 만약 아이와 같은 상태의 환자를 내 진료실에서 만났다면 나는 보호자에게 환자의 상태와 혈액검사 결과가 매치가 안된다고 먼저 설명을 했을 것이다. 그리고 손끝에서 하는 혈액검사는 수치가 종종 오류가 나기도 하니까 너무 걱정하지는 말되, 혹시 모르니 정식으로 혈액검사가 가능한 병원에서 재검 받아보라고 제안했을 것이다. 그런데 막상 내 아이가 '혈소판이 낮으니 큰 병원에 가보라'는 말을 들으니 그저 머릿속이 하얘지는 기분이었다.

버스를 타고 집으로 가는 길에 날 가장 괴롭힌 건 죄책감이었다. 다른 엄마였으면 진작 주말에 병원을 데려갔을지도 모르는데, 내가 의사이기에 오히려 내 아이의 증상을 별것 아니라고 넘겼구나. 우리 아이가 아픈데 정작 나는 오늘 온종일 다른 사람들 아픈 데에만 신경 썼구나. 내가 직장을 조퇴해서라도 오전 일찍 병원에 바로 데려갔어야 했는데, 꾸역꾸역 끝날 때까지 일을 다 했구나. 요새 병원, 대학원 일에 정신이 팔려 아이에게 신경을 못 썼구나. 죄책감은 끝없이 이어졌다.

버스에서 내리자마자 숨이 가쁘도록 달려 집 앞에 도착했다. 현관문을 열자 아이가 평소처럼 해맑게 웃는 얼굴로 달려와서 안겼다. 눈물이 줄줄 흘러나왔다. 마스크를 코끝까지 힘껏 더 올려 썼다. 지금 내가 느끼는 이런 부정적인 감정들을 아이에게 들키고 싶지 않았다. 엄마 차를 얻어 타고 아이를 데리고 대학병원 응급실로 갔다. 응급실 원무과에서 접수를 하고 아이와 응급실 앞 의자에 앉아 이름을 부르기만을 기다렸다. 불안한 마음에 가만히 앉아 있는 것조차 힘들었다. '침착하자. 침착하자.' 계속 스스로를 다독였다. 드디어 차례가 되었다. 의사는 아이의 병력을 물어보고는 아이의 옷을 벗겨 무릎 외에 다른 부위에는 멍이 없는지 살펴보았다. 그리고는 혈액검사와 소변검사를 해보자고 했다. "검사 결과를 좀 봐야겠네요." 그 외에 특별한 말은 없었다. 진료실에서 나오자 남편이 응급실 앞에 와있었다. 아이는 남편을 보자 활짝 웃으며 좋아했다. 남편과 나는 특별한 말을 나누지는 않았다. 하지만 서로 눈빛으로 말했다. '괜찮을 거야. 아무 일도 아닐 거야.' 코로나19로 인해 응급실에 보호자는 한 명밖에 있을 수가 없어서 남편과는 그렇게 몇 초간의 만남이 전부였다.

혈액검사를 위해 진료실 옆 처치실로 가서 아이를 눕혔다. 주삿바늘이 아이 팔을 찌르자 아이가 무섭다며 크게 울었다. 아이 머리를 쓰다듬어 주며 "괜찮아, 아가야. 금방 끝날 거야. 괜찮아"라는 말을 반복해서 귀에 속삭였다. 사실은 나에게 하는 말이었다. 괜찮다고, 괜찮다고 스스로 되뇌였다.

검사가 끝나자 응급실 침대 중 하나가 배정이 되었다. 벌써 밤 아홉시였다. 유치원이 끝난 후 아이는 여태까지 아무것도 못 먹었는데도 배고프다는 말 한마디 없었다. 그저 침대에 앉아서 응급실 여기저기를 둘러보고 있었다. 나는 집에서 나올 때 급히 챙겨 온 초코과자와 뽀로로 음료수를 아이에게 주었다. 아이는 손뼉을 치며 좋아했다. 아이는 과자를 먹으며 한 시간이 넘도록 나에게 조용히 재잘댔는데 아이가 하는 말 한마디 한마디가 다 너무 소중해서 어디에라도 담아두고 싶었다. 그렇게 아이와 단둘이 있으니, 내가 최근에 아이에게 이렇게 오롯이 집중한 적이 과연 있었을까라는 생각이 들면서 또다시 미안해졌다.

시간은 더디게 흘렀다. 한참이 지난 것 같아 시계를 보았는데 아직 두 시간밖에 안 지나있었다. 시간이 더 흘러 밤 열한 시 반쯤 의사가 우리 침대로 왔다. 의사가 입을 열기 전 나는 그의 표정부터 살폈다. 입이 타들어 갔다. 과연 우리에게 나쁜 소식을 전하러 온 걸까 아닐까. 그의 표정이 나쁘지 않은 것도 같았다. 한 가닥 희망을 가지고 그의 입술이 움직이기만을 기다렸다.

"아이 혈소판 수치는 정상입니다. 그 외에 다른 기본 혈액검사도 모두 정상입니다. 귀가하셔도 되겠습니다."

눈물이 주르륵 흘렀다. 이번에는 기뻐서 나는 눈물이었다. 제일 먼저 남편과 부모님께 검사 결과가 괜찮다는 문자를 보냈다. 얼른 짐을 싸서 아이를 데리고 응급실 밖으로 나왔다. 늦은 밤이 되니 날씨가 살짝 쌀쌀했다. 아이는 많이 피곤했는지 택시에 탄 지 10분도 안 되어 금세 잠이 들었다. 아이를 내 무릎에 뉘었다. 아이의 온기가 느껴졌다. 택시에서 내려 잠든 아이를 업고 집으로 돌아가는데 아이의 포근한 숨소리가 그저 좋았다. 몸은 너무 피곤했지만 발걸음은 그저 가벼웠다. 현관문을 열고 집에 들어갔다. 아주 긴 시간을 헤매다 집에 돌아온 느낌이었다. 아이를 데리고 그대로 침대에 누워 잠이 들었다.

한 달 전쯤 남편이 나에게 어린이 병원 정기 후원 얘기를 꺼낸 적이 있었다. 그때는 '생각해 볼게'라고 말하고는 잊고 있었다. 응급실을 다녀온 다음 날 남편의 후원 제안이 다시금 떠올랐다. 그래서 며칠 뒤 서울에 위치한 어린이 병원에 정기 후원 신청을 했다. 우리가 그날 느꼈던 것처럼 절망감과 죄책감으로 힘들어할 부모들에게 조금이나마 도움이 되었으면 하는 마음이었다.

그날 받았던 응급실 출입증은 아직도 우리 집 거실 선반에 걸려있다. 아이와 지내다 지치거나 화가 날 때 그 출입증을 보면 아이가 내 앞에 건강히 서 있다는 것만으로도 한없이 고맙다. 그런데 아이도 그날은 뭔가 다르다는 것을 느꼈었나 보다. 그 일이 벌써 일 년이나 지났는데도 아직까지 엄마랑 '큰 병원'에 갔었고 거기서 아빠를 만났다는 말을 가끔 한다. 그리고 거기서 엄마가 자신에게 뽀로로 음료수를 주었다는 사소한 것까지 기억하고 있다. 부디 아이는 그저 평소와는 조금 달랐던 날로만 기억했으면 좋겠다. 그날 나를 짓눌렀던 죄책감과 공포심까지는 아이에게 전달되지 않았었기를.

04

김
진
선

백허그
즐거움바라기
안아주고 싶다

40대, 17년 차 직장인이다.
가늘고 길게 향유할 수 있는
취미활동을 탐색중이다.
요즘은 글쓰기와 수학을
이리저리 두들기며
재미의 세계를 확장중이다.

백
허
그

대학생 때, 아파트 엘리베이터에서 어떤 가족과 마주쳤다. 한 꼬마 아이가 나와 눈이 마주치는 순간 아이의 눈빛이 반짝거렸다. 나도 반사적으로 맞장구를 치며 웃어주었다. 그런데 이 꼬마 아가씨를 어디서 봤더라? 머릿속을 분주히 뒤적이는데, 아이 엄마가 환한 미소로 나에게 말을 건넸다.

"아이가 언니랑 놀고 싶다고, 언니네 놀러 가고 싶다고 맨날 보채서 누군지 궁금했어요. 어떻게 놀아줬길래 아이가 그렇게 좋아하는지… 호호호."

집 앞 놀이터에서 어울린 적이 있는 아이였나보다. 인기 가수 이선희는 '노래 너무 잘한다, 목소리가 끝내준다.' 등등의 말을 얼마나 많이 들었을까? '우리 애가 진선 언니랑 놀고 싶어 한다, 진선 언니 진선 언니하고 노래를 부른다.' 뭐 요정도 인사말은 나에겐 일상적이었다. 내 입으로 말하긴 좀 그렇지만, 사실 난 동네 아이들 사이에서 슈퍼스타였다. 잠시만 시간을 함께해도 아이들은 나에게 푹 빠져들었다.

나는 아이들을 좋아한다. 대체로 아이들도 날 좋아한다. 어린이와는 애쓰지 않아도 자연스럽게 가까워졌다. 오랜 경험으로 알게 된 나의 뚜렷한 특징 중 하나이다. 어린이를 가까이에서 바라보고 있으면 마음이 좋다. 이야기를 나누거나 어울려 노는 기회가 생기면 저절로 흥이 났다. 호시탐탐 그런 시간을 노리곤 했다.

그런데 서른 무렵부터 공기가 달라졌다. 평소처럼 아이에게 가벼운 장난을 걸었는데 아이들이 골이 나거나 울음을 터뜨리는 것이었다. 이전처럼 재미있으면서도 해맑은 분위기가 만들어지지 않았다. 이런 상황이 몇 번인가 반복된 후에야 뭔가 문제가 생겼다는 걸 감지했다. 어디서부터 어긋난 걸까. 아무리 생각해도 이유를 모르겠다. 날씨를 받아들이듯 그냥 수긍해야 했다. 이후 나는 아이들이 어려워지기 시작했다. 일행 중에 어린이가 있으면 나 혼자 괜히 멀찍이 피해 다닐 때도 많았다.

책 〈유쾌함의 기술〉을 읽다가 인상적인 내용을 만났다. "무엇을 보느냐보다 어떻게 보느냐가 더 중요하다." "누군가가 또는 무엇인가가 의미 있게 다가와 우리를 멈추게 할 때, 우리는 시간이 정지한 것 같은 따뜻하고 긍정적인 감정을 경험"하는데 이 감정의 이름은 '경이감'이다. 아이들은 평범하고 작은 것을 접할 때도 이런 감정을 쉽게 느낀다. 책에서는 다음과 같이 권유한다. 지금 무덤덤한 어른인가? 삶의 작은 순간을 음미하고 감탄하는 세포를 다시 일깨우고 싶은가? 아이들과 가까이하라. 경이감의 시작점이 낮은 아이들과 기꺼이 마음을 나누어라.

글을 읽으며 나름 찬란했던 과거를 떠올렸다. 그땐 어떤 아이와도 스스럼없이 지냈다. 그러고 보니 아이와 함께 있을 땐 나도 모르게 아이의 마음이 되었다. 어른인 나를 잠시나마 완전히 잊어버렸다. 그때는 의식하지 못했지만 지금 생각해보니 분명히 그랬다. 그래서 아이와 놀다 보면 서로 대등하게 즐거웠구나.

서른 무렵부터의 변화도 이제야 맥락이 보인다. 그 무렵 나는 아이들 부모의 친구다. 나는 아이들에게 이모, 고모의 포지션이어야 했다. 그런 관계의 변화 때문에 아이를 바라보는 나의 시선도 미묘하게 달라진 모양이다. 어른의 관점으로 아이들을 대하기 시작한 것이다. 어쩐지 쓴웃음이 났다.

며칠 전 일요일, 중학교 동창인 친구네 집에 놀러 갔다. 함께 만난 또 다른 친구는 집주인 외동딸인 승희와 격한 포옹도 하고, 다정하게 핸드폰 셀카도 찍고, 서로의 궁둥이도 토닥거렸다. 주거니 받거니 서로 할 말도 참 많더라. 난 부러운 마음으로 그들을 바라보았다. 나도 왕년에는…. 아니 아니야. 이게 다 무슨 소용이람.

그날 한나절 나는 유난히 승희에게 시선이 머물렀다. 경이감에 관한 글을 읽은 후의 여운이 내 안에 진하게 남아 있었기 때문이다. 승희의 말 한마디, 순간 나타났다 사라지는 표정 등이 다 예사롭지 않게 느껴졌다.

초등학교 3학년인 승희는 TV 만화에 한창 몰입하고 있었다. 그러다가 제 엄마의 잔소리에 숙제를 시작했다. 이내 지루해하더니, 스마트폰을 만지작거렸다. 엄마의 불호령에 다시 학습지를 집어 들었다. 승희가 제 엄마에게 다가가 귓속말을 했다. 아이 엄마에게 슬쩍 물어보니 이모들 앞에서 자기한테 큰소리로 야단치듯 말하지 말라고 했단다. 웃음이 났다. 크게 심호흡을 하여 신선한 공기를 한가득 들여 마신 기분이다. 승희의 천진난만함이 얼마나 소중하고 귀중한 마음인지. 마흔이 넘은 지금에서야 실감 나게 다가온다. 아이의 모습이 한없이 사랑스럽다.

아이 엄마가 주방에서 매운탕거리를 준비하기 시작했다. 난 승희가 학습지 푸는 것을 봐주었다. 승희는 툴툴대면서도 문제를 곧잘 풀었다. "우와아, 승희야 이 문제 어려워 보이는데 되게 빨리 푸는구나." 진심이었다. 내 말에 승희는 스마트폰을 가져와서 타이머를 작동시켰다. 그리고 나에게 내밀었다. 서로 눈만 마주쳤는데도 나는 승희의 의도를 읽었다. 승희가 수줍은 자신감으로 나에게 놀이를 제안했다. 얼마나 빨리 문제를 풀어내는지. 나는 심판이 되어 시간 체크를 했다. 승희는 나를 의식하면서 거침없이 답을 적어갔다.

그리운 마음이 차올랐다. 내가 승희만 했을 때가 그리워지고, 아이 마음으로 내 속을 한가득 채울 수 있었던 젊은 시절도 그리워졌다. 어느새 아이 마음이 될 수 없는 무덤덤한 어른이 되어 있었다. 그렇다고 엄마 마음을 소환하여 아이를 상대하는 건 내가 내키지 않는다. 이도 저도 아닌 이 어정쩡함이 쓸쓸하고 쓸쓸하구나.

날이 어둑해졌다. 어느덧 일요일이 다 끝나가고 집에 갈 시간이다. 오늘도 잘 놀고 가네. 승희, 승희 아빠와 거실에서 인사를 나누고, 승희 엄마는 우리와 함께 현관을 나섰다. 운동화를 신고 문밖으로 나가려는 순간이었다. 내 허리춤이 덜컥 당겨지는 느낌에도 그것이 사람의 손길이라고 예상하지 못했다.

승희의 깍지 낀 손을 확인한 순간 심장이 쿵 내려앉았다. 나는 승희에게 백허그를 당했다. 약간은 서글펐던 내 마음을 승희가 감싸주었다. 나는 부끄러워서 뒤를 돌아보지도 못했다. 현관문에 시선을 고정하고 다음에 또 만나자고 태연한 척 인사를 했다. 그리곤 서둘러 현관을 빠져나왔다. 다음엔 내가 먼저 다가가야지, 모처럼 아이를 향한 용기가 피어난다.

즐거움바라기

내 마음의 해바라기는 저절로 태양을 향한다. 즐거움은 나의 눈부신 태양이다. 끝을 모르는 장마 중에 있는 듯 한동안 태양이 느껴지지 않았다. 태양에 굶주린 내 마음을 본능적으로 이리저리 움직여댔다. 드디어 태양과 내가 최단 거리로 마주 바라보는 미세한 각도를 찾아내었다. 학창 시절 가장 좋아했던 교과목인 '수학'이 퍼뜩 생각난 것이다. 복잡한 문제를 차근차근 풀어내는 재미가 꽤 쏠쏠했었다. 수학을 떠올리기만 했는데도 몸에서 색다른 활력이 돌았다.

2020년 한글날, 아침 식사를 마치자마자 집을 나섰다. 기분을 내고 싶어서 일부러 하천길을 따라 걸었다. 싱그러운 아침 햇살, 파랗고 쾌청한 가을 하늘, 반짝거리는 안양천 물빛까지 모든 것이 좋았다. 발걸음이 절로 경쾌해졌다. 나도 모르게 콧노래가 흘러나왔다. 나는 대형 서점에 가는 중이었다.

서점에 도착했다. 평소엔 눈길도 안 주던 학습지 코너로 직행했다. 중학교 전 과정을 한 달간 공부하도록 구성한 교재를 발견했다. 고등학교 수학 공부에 필요한 중등 수학의 핵심 개념을 빠르게 복습하라는 의도가 느껴진다. 나에게 딱 어울리는 책이다. 파란색 표지를 열었다. 옅은 그레이 색의 시험지가 다섯 장 정도 접혀있었다. 모의시험이 부록으로 실린 것이다.

시험지 종이 결에 내 손을 가져다 대었다. 살갗에 닿는 느낌이 의외로 보드라워서 피식 웃음이 났다. 순간, 상상 속에서 강릉 경포대 바다가 펼쳐졌다. 햇살이 눈부시게 내리쬔다. 다채로운 바닷가 파도 소리가 배경음악처럼 들려온다. 나는 해변에서 수학 문제와 씨름 중이다. 테이블 위에 놓인 시험지가 바닷바람에 펄럭거린다. 나는 미간을 살짝 찌푸린다. 손가락으로 내 관자놀이 부근을 톡톡 두드린다. 풀이법이 떠올랐을까? 침을 꼴깍 삼키며 샤프 뒤끝을 콕콕 누르는 내 모습이 보인다.

그래 이 책이야! 올해 안에 이 교재를 끝까지 풀어보겠어. 부록으로 실린 시험지를 챙겨서 한 해를 마무리하는 여행으로 강릉 바다에 다녀오는 거야! 그리고 2021년부터 산뜻하게 고등학교 수학을 시작해야지.

'뭐? 재미 삼아서 수학 공부를? 바닷가에서 수학 문제를 푸는 낭만? 너 머리가 어떻게 된 것 아니야?'라고 반응하는 친구의 모습이 선하게 그려진다. 이 상황을, 나의 들뜬 마음을 어떻게 납득시킬 수 있을까. 나는 그저 내 마음의 소리를 선명하게 들었을 뿐이다. 해바라기와 태양이 정면으로 마주 보는 건 지극히 자연스러운 일 아닌가.

지나온 시간을 돌아본다. 내 마음은 언제나 즐거움을 찾아다녔다. 20대에는 뮤지컬, 콘서트를 참 많이도 보러 다녔다. 몇 년간은 우쿨렐레에 푹 빠져 지낸 적도 있다. 30대 후반 즈음에는 독서 모임과 글쓰기 모임에 뛰어들기도 했다. 즐거움은 내가 어떤 것을 시작하거나 멈출 때의 기준이 되는 감각이다. 지금, 이 순간 즐기는가. 때로 힘들지만 그래도 신이 나는가.

우쿨렐레 합주 모임, 고전 소설 읽기 모임은 누군가와 함께 어울리고 교감하는 즐거움이다. 한편 혼자 있을 때 더 진하게 누리는 즐거움도 있다. 끝없는 바다를 바라보며 충분히 여유 부리기. 코인노래방에서 나를 완전히 놓아버리는 무아지경으로 들어가기. 이 즐거움은 은밀하고 온전하다. 긴장할 때, 지쳤을 때, 위로받고 싶을 때, 그냥 흥을 내며 놀고 싶을 때…. 나는 언젠가부터 코인노래방을 찾는 주기가 점점 짧아졌다. 코인노래방에서도 털어낼 수 없는 마음이 감지되면 훌쩍 바다 구경을 떠나곤 했다.

2020년 올해는 마음 편히 사람들을 만날 수 없었다. 바다에 한 번도 가지 못했다. 코인노래방도 마찬가지다. 이 좋은 것들을 코로나 때문에 너무 오랫동안 접었다. 그런데 수학이라는 밝은 태양이 어디선가 떠올랐다. 나는 환호하며 해바라기를 했다. 풀죽은 마음에 다시 생기가 돌기 시작했다.

첫눈에 반한 교재를 품고 바삐 집으로 돌아왔다. 책은 234개 단원으로 되어 있다. 한 단원은 한 페이지, 그나마 페이지의 절반은 개념설명이고 나머지 절반만 문제이다. 곧바로 교재 진도표에 있는 하루 치 분량을 시작했다. 그래 봐야 여덟 단원에 20문제 정도이다. 첫 단원은 소인수분해를 활용한 공약수와 공배수 구하기이다. 잠깐, 이건 초등학교에서 다루는 내용 아니었나? 쉬워도 너무 쉽다. 이 정도 수준이면 30분 안에 끝까지 풀 수 있겠다.

시작하고 보니 예상과 달랐다. 문제부터 덥석 시작했다가, 머리를 갸웃거리며 개념 정리를 찾아야 했다. 개념을 읽고 또 읽어도 이해가 안 가서 아예 포기한 문제도 있다. 턱턱 막히는 문제가 생각보다 많아서 허둥거렸다. 결국 문제 푸는데 두 시간이 넘어가고 말았다. 채점할 땐 귓불이 달아올랐다. 맞춰볼 필요도 없이 정답이라고 생각한 쉬운 문제까지도 틀린 것이다. 하긴 20년 만에 풀어보는 문제들 아닌가. 나의 무너진 수학 감각을 실감하며, 계획을 정정한다. 그냥 하루에 한 단원씩만 풀어야겠어. 천천히 하는 대신 꼼꼼하고 넓게 공부해야지.

한글날 이후, 하루의 마지막 일과로 수학 교재를 펼친다. 0, 1, 2 … 9까지의 숫자들을 괜스레 곰곰이 뜯어보는 시간을 삼십여 분 정도 보낸다. 채점을 마친 후엔 샤워라도 한 듯 마음이 상쾌해진다. 편안해진 내 호흡을 음미하며 이불 속으로 들어간다.

어느덧 52단원 지수법칙을 풀 차례다. 가만있자, 지수? 많이 들어봤는데 뭐였더라. 2^x에서 x를 지수라고 하는구나. 아하 생각났다. 2 곱하기 2 곱하기 2, 그러니까 2의 세제곱은 8이고 이때 3을 지수라고 하는 거잖아. 이정도야 뭐 가뿐하지 에헴. 자 이제 문제를 풀어볼까. $15xy^2 \div 5x^2 \times (-x^2y)^3$ …안 보인다. 눈을 가늘게 뜨고 다시 문제를 읽어 본다. 지수 부분 숫자들이 여전히 흐릿하게 보인다. 노안이 왔나? 실력 발휘를 하고 싶은데 이거 참 난감하네.

안아주고 싶다

쾌청한 하늘에 눈썹달이 반짝거리던 여름밤이었다. 오늘 별이 잘 보일 하늘이니 당장 출발하자. 엄마가 깜짝 제안을 했다. 평소에 별 무더기 가득한 밤하늘을 한 번쯤 꼭 보고 싶었다. 이튿날 출근을 하지 않는다는 이유로 부랴부랴 별구경을 나섰다. 목적지는 양구다. 양구의 밤하늘이 그렇게 끝내준다나.

밤 열 시가 넘어서 출발했다. 별 감상만 잠깐 하고 그길로 돌아오기로 했다. 이것도 여행이라 할 수 있을까. 최근에는 가족끼리 여행은커녕 외식도 마음 편하게 하지 못하며 지내왔다. 두 마리 노견 깡통이, 귀남이와 함께 살아온 세월도 어느덧 15년이다. 늙고 병든 강아지를 한시도 혼자 내버려 둘 수 없었다. 특히 우리 깡통이는 눈이 멀어서 앞을 보지 못한다.

이번엔 깡통이와 귀남이도 함께했다. 어차피 식당도 숙소도 필요 없는 정말로 별만 보고 오는 짧은 여행길이다. 금세 양구에 도착했다. 차 안에서 밖을 슬쩍 내다보니 깨알처럼 박힌 별이 손에 잡힐 듯 가득했다. 그런데 차 세울 곳을 찾다가 시간을 너무 허비해버렸다. 잠깐 사이에 별들이 어디로 갔을까. 조금 전 스치듯 봐도 가슴이 터질 것 같았던 별 무더기 하늘이 신기루처럼 사라져버렸다. 실망감, 허탈함을 감추지 못했다. 그냥 집에 돌아갈까? 더 기다리면 볼 수 있긴 한 건가. 선뜻 마음을 정하지 못했다. 마침 허름한 민박집을 발견했다. 새벽 두시가 다된 시간에 방 하나를 빌렸다. 잠깐 눈만 붙이고 아침 일찍 집으로 돌아가기로 했다. 민박집 바로 앞에 계곡이 흐른다. 계곡으로 내려가는 입구 공터에 정자와 평상이 몇 개 놓여 있었다.

팔월의 한여름이었기에 방은 그냥 비워두고 아빠, 엄마, 나, 동생, 깡통, 귀남 온 가족이 한 평상에 나란히 누웠다. 별 무더기와 은하수는 만나지 못했지만 깨끗하고 청량한 여름밤 하늘을 누릴 수 있었다. 야외에 누워서 산바람 소리, 계곡물 소리, 이름 모를 풀벌레 소리를 가만히 듣고 있으니, 어느새 아쉬운 마음이 사라졌다. 뜻밖의 달달한 분위기를 음미하며 잠이 들었다.

얼마나 시간이 흘렀을까. 눈이 번쩍 떠졌다. 동이 트려면 한참 남은 듯해서 다시 누우려다가 텅 비어있는 깡통이의 침상을 발견했다. 응? 아빠 옆구리에 파고들었나? 없다. 평상 위에 깡통이가 없다. 등줄기가 서늘해 온다. 핸드폰을 더듬어 플래시를 켜고 주변을 살폈다. 뜻밖의 지점에서 우리 깡통이의 익숙한 뒷모습을 보자마자 그만 숨이 턱 막혀버렸다. 계곡으로 내려가는 입구, 그러니까 벼랑의 끄트머리에 깡통이가 아슬아슬하게 서 있었다.

나는 맨발로 튀어 나갔다. 일 초라도 늦었으면 내 눈앞에서 깡통이가 가파른 벼랑 아래로 굴러떨어졌을지 모른다고 생각하니 심장이 한없이 쿵쾅거렸다. 지금 발견하지 않았다면 어떻게 되었을까. 아침에 눈을 뜬 우리 가족은 영문도 모르고 깡통이를 찾아 헤맸을지 모른다. 아찔함과 안도감을 동시에 느끼며 마음이 요동쳤다.

깡통이는 자기가 얼마나 위험한 상황이었는지 알까 모를까. 어깨끈을 메어주고 평상 기둥에 줄을 묶었다. 택배 상자와 담요로 강아지 침상을 정돈하는데 손이 덜덜 떨렸다. 진정하려고 할수록 오히려 더 가슴이 벌렁거렸다. 곤히 잠들어있는 식구들을 다 깨우고 말았다. 무서운 마음을 혼자 감당하기 버거웠다.

"내가 얼마나 식겁한 줄 알아?" 한참 이야기를 하다 말고 나는 갑자기 말을 멈추었다. 온 가족이 한 곳을 바라보았다. 깡통이가 비틀비틀 일어나 걸음을 떼기 시작한 것이다. 깡통이는 앞이 보이지도 않으면서 성큼성큼 앞으로 걸어 나갔다. 급기야 앞발 한발을 평상 바깥으로 내밀더니, 툭 순식간에 맨바

닥으로 떨어져 버렸다. 동생이 깡통이를 얼른 들어 올렸다. 다행히 크게 다친 곳은 없었다.

한여름 양구에서의 아찔한 절벽 사건도 점점 흐릿해졌다. 그해 추석날 친척들이 한자리에 모여 집안이 북적거렸다. 그즈음 깡통이는 며칠에 한 번씩은 숨을 거칠고 위태롭게 내쉬곤 했다. 추석날 이른 아침부터 깡통이의 헐떡이는 숨소리가 예사롭지 않았다. 누군가 깡통이 곁을 지키며 보살펴야 했다. 내가 깡통이를 전담하고, 다른 가족은 명절 치루기에 집중하기로 했다. 방 한 칸을 차지하고 깡통이와 몇 시간을 함께 보냈다.

깡통이는 거친 숨을 몰아쉬며 온몸을 들썩였다. 내가 아무리 토닥여도 숨이 가라앉지 않았다. 하긴 이럴 때 내가 할 수 있는 게 뭐가 있겠어. 후드득 눈물이 쏟아지기 시작했다. 깡통이의 고통스럽고 거친 호흡도 또 터져버린 내 눈물도 쉬이 진정되지 않았다. 깡통이와 나는 계속 부대꼈다. 빼꼼히 방문을 열어본 누군가가 말도 못 붙이고 당혹스러운 표정으로 그냥 돌아섰다.

오후 네 시 친척들이 모두 빠져나가고 깡통이와 난 그제야 거실로 나왔다. 깡통이는 아빠 품에 안기었다. 그러자 금세 깡통이의 숨이 편안해졌다. 종일 멈춘 것 같았던 시간이, 드디어 흐르기 시작했다. '아휴, 이제 살 것 같네.' 내 마음도 안정을 되찾았다. 마침 해가 제법 기울어지는 중이었다. 햇살이 거실 안 깊숙한 곳까지 침투해 들어왔다. 잠시만 누워서 쉰다는 게, 온 가족이 거실 맨바닥에서 까무룩 낮잠에 빠졌다. 깡통이와 귀남이의 새근거리는 숨소리로 거실이 잔잔해졌다.

눈이 떠졌다. 저녁 6시다. 잠든 식구들의 몸을 흔들었다. "아직 속이 든든한데, 저녁을 먹을까 말까?" 나의 질문에, 부스스한 모습으로 서로를 바라보았다. 그때였다. 깡통이가 갑자기 거친 기침을 연거푸 내뱉었다. 모두의 시선이 깡통이에게로 집중되었다. 깡통이는 제 몸이 들썩일 정도로 크게 한 호흡을 들이쉬었다가 그대로 마지막 숨을 내쉬었다. 우리 가족은 그렇게 깡통이를 보내주었다.

그날 나는 종일 한 손으로 깡통이의 갈비뼈를 토닥거리기만 했다. 다른 손으로는 내 눈물 콧물을 연신 닦아냈다. 그렇게 하지 말았어야 했다. 왜 그랬을까. 아빠처럼 두 손으로 깡통이를 안아서 가슴에 품어야 했다. 그랬더라면 우리 깡통이는 몇 시간이나 고통스럽게 숨을 헐떡이지 않았을지 모른다. 아무 일 없이 다음 날 아침을 맞이했을지 모른다. 나 때문에 이렇게 되었다는 생각을 떨칠 수가 없다. 가슴이 무겁게 짓눌린다.

이제는 틈만 나면 깡통이의 아들 귀남이를 가슴에 품는다. 귀남이에게 눈길이 머물면 나도 모르게 양팔이 저절로 벌어진다. 깡통이를 이렇게 안아줬어야 했는데. 할 수만 있다면 딱

한 번만이라도 깡통이를 안아주고 싶다. 매일매일 후회한다. 밀려오는 후회를 감당하기가 생각보다 쉽지 않다. 별로 안기고 싶어 하지 않는 귀남이를 억지로 끌어당긴다. 오늘도 품에 안아본다. 눈물이 차오른다.

안은비

아픔부터 행복까지 모든 감정들을
조심스럽게, 소중히 담았습니다.
소중하게 받아주시고, 보아주시고,
함께 느껴주셨으면 합니다.
이 글을 읽고 계신 여러분들께
또 하나의 기록을 바칩니다.
감사합니다. 사랑합니다.

장미 한 송이

스물다섯 살의 봄이다.

햇살이 창문을 통해 잠을 자던 나에게 내리쬤다. 햇살을 알람 삼아 일어났다. 산뜻한 밖과 달리 내 방은 허물 벗듯 늘어놓은 옷들이 널브러져 있었다. 한숨을 쉬었다. 주섬주섬 옷을 주우며 자연스럽게 청소를 시작했다. 쓸고 닦고를 반복하다 잘 쓰지 않는 작은방이 눈에 들어왔다. 발걸음이 무거웠다. 방문 앞에서 살짝 주저하다가 손잡이를 돌려 방문을 열었다. 돌아가신 엄마의 흔적이 가득한 방. 묵은 먼지가 쌓인 방을 정리하다가 장식장 여닫이 문고리에 걸린 시든 장미 한 송이와 카드를 발견했다. 조심스럽게 카드를 열었다. '스스로의 성년을 축하하며 - 2015년의 은비가'라고 적혀 있었다.

'스무 살'이라는 단어에도 설레던 5월이었다. 나는 어릴 때부터 로맨스 드라마를 좋아했다. 드라마 속 여자 주인공이 남자 주인공에게 장미 한 다발을 받고 행복해하는 장면이 자주 나왔다. 그 장면이 유독 뇌리에 박혀있었다. 나도 성인이 되면 누군가에게 장미를 받겠지' 하는 꿈이 있었다. 5월 1일이 되자마자 달력을 넘겨 성년의 날인 5월 18일에 동그라미를 쳤다. '엄마든 할머니든 나에게 장미를 선물해 주겠지?' 장미를 받고 좋아할 나를 상상하니 한껏 들떴다. 18일이 빨리 오길 기다렸다. 시간이 흘러 설레는 당일이 되었다. 아침부터 괜히 엄마 방에 들어서면서 엄마의 눈에 띄기 위해 엄마 물건을 만지작거렸다. 누워 계신 엄마는 아무 말이 없었다. 엄마 곁에 괜히 눕기도 하고, 앉기도 했다. 나도 모르게 표정이 부루퉁해졌다. 눈치가 없는 건지, 진짜 모르는 건지! 답답한 마음에 내가 먼저 소리쳤다. "엄마 오늘 성년의 날이니까 장미 사줘!" "엄마 아프니까 돈 줄게. 네가 사 와." 피부암으로 4년째 항암치료를 받고 있는 엄마가 지친 표정으로 말씀하셨다. 우르르 쾅쾅! 절망감에 머릿속은 천둥이 쳤다.

어렸을 때 TV를 보다가 성년의 날에 장미꽃을 받는 연예인을 보며 엄마와 이야기한 적이 있다. "나중에 너 크면 엄마가 장미 사줄게." "꼭 사주는 거다, 약속!" 아직도 이 기억이 생생한데 이게 말이 되는 소리인가? 내가 기대한 성년의 날은 이게 아니었다. 엄마의 아픈 표정은 전혀 눈에 들어오지 않았다. 떼를 써서라도 받고 싶었다. 엄마가 안 된다면 할머니한테라도 이야기해서 받아야지! 할머니에게 달려갔다. "할머니, 나 오늘 성년의 날이니까 장미 한 송이만 사주세요!" 오늘은 '나의 날' 이라고 확신하며 떳떳이 이야기했다. 그러나 돌아오는 것은 면박이었다. "빨리 가서 씻고 밥 먹어라." 또 한 번 좌절했다. 성년의 날 존재 자체도 모르는 할머니에게 괜한 말을 했다. 엄마에게 돌아가 다시 말했다. "은비야 오늘 엄마는 진짜 살 수가 없어. 다음에 사줄게. 다음에…." 엄마 말이 채 끝나기도 전에 화가 나 문을 쾅 닫고 내 방으로 들어갔다. 씩씩거리며 침대에 누웠다. 아니, 다시 찾아오는 생일도 아니고 두 번 다시 없을 성년의 날인데 왜 아무도 나에게 장미 한 송이 사줄 생각을 안 하는 거야? 남들은 다 받는데 왜 나만 못 받아? 어떡해서든 장미꽃을 내 손에 쥐고 싶은 마음에 결국 스스로 성년의 날 장미를 사러 갔다. 투덜거리면서 집 근처 꽃집으로 걸어갔다. 꽃집에 도착하자 수많은 꽃들이 나를 반겼다. 그러나 하나도 예뻐 보이지 않았다. 장미 한 송이를 골랐다. 계산 후 터덜터덜 집으로 돌아왔다. 갑자기 알 수 없는 억울함이 머리끝까지 올라왔다. 엄마 방으로 성큼성큼 가서 대뜸 소리를 질렀다. "이거 결국 내 돈으로 사 왔어. 엄마 진짜 너무한 거 알아?!" 소리만 지르고 방문을 쾅 닫았다. 내가 바란 것은 향수도, 장미 다발도 아니었다. 그저 장미 한 송이였다. 크리스마스 선물을 받지 못한 다섯 살 아이처럼 서글펐다.

6개월 후 엄마가 돌아가셨다. 덤덤한 척 했지만 마음은 그렇지 않았다.

  1년 뒤 카페에서 오랜만에 사촌 언니를 만났다. 한참 수다를 떨다 보니 주제는 가족으로 흘러갔고 자연스럽게 엄마 이야기가 나왔다. 무언가 기억이 났다는 듯 언니는 '아!' 하는 소리를 내며 나한테 말했다. "너 그때 엄마가 서운했던 거 알았어?" 무슨 소리를 하는 거지? 어리둥절한 내 얼굴을 보며 언니가 조금은 한심하다는 표정을 보였다. "너 엄마한테 성년의 날에 장미꽃 사달라고 했다며?" 살짝 뜨끔했지만 아무렇지 않은 표정을 지었다. "엄마 그렇게 아파서 일도 못 가고 집에만 있는데 꽃 사달라고 떼써서 서운했다고 하더라." 속눈썹이 떨리고 고개가 숙여졌다. 그런데 알 수 없는 오기가 생겼다. 되려 '나의 날'에 장미 한 송이 사달라고 한 게 뭐가 잘못되었냐며 언니에게 버럭 성질을 냈다. 그 자리를 벗어나고 싶었다. 다음에 더 이야기하자며 가방을 대충 챙겨 카페 문을 열고 빠르게 걸었다. 문을 나서고 언니의 시선에 내가 보이지 않을 만큼 뛰어갔다. 뒤돌아보니 카페 안 언니의 모습이 보이지 않았다. 나 자신에게 '바보, 멍청이!'를 내뱉으며 긴 머리를 헝클어트렸다. 돌아가신 엄마한테도, 언니한테도 너무 창피하고 부끄러워 쥐구멍 속으로 숨고 싶었다.

  쓸쓸함과 착잡함을 뒤로하고 카드를 장미꽃 안에 넣었다.

방을 다시 살펴봤다. 어린 시절 엄마와 찍은 사진이 담긴 액자, 어버이날에 드린 카네이션이 피아노 위에 놓여 있었다. 먼지 쌓인 액자를 괜히 만지작거렸다. 후회는 꼭 헤어진 후에야 찾아온다. 엄마를 다시 만나면 정말 잘 할 수 있을 것 같은데 그 '다시'는 없다. 후회는 파도처럼 물밀듯이 다가와서 잡으려니 다시 멀어졌다.

아
빠
의

꽃
다
발

저녁 7시 41분 중환자실. 일곱 명이 한자리에 있었지만 숨소리조차 들리지 않았다. 약속이라도 한 듯 가족들은 말없이 그녀를 바라봤다. 그녀는 피부암으로 온몸이 까만 상태로 누워 있었다. 그런 그녀를 보는 나의 눈에는 눈물이 맺혔다. 갑자기 바이탈모니터에서 시끄러운 소리가 났다. 처음 듣는 소리에 당황한 찰나에 소리도 그래프도 멈췄다. 다리에 힘이 풀려 나도 모르게 주저앉았다. 울며불며 제정신이 아니었던 나를 누군가 일으켰다. 시간이 얼마나 지났을까? 정신을 차려보니 손에 이끌려 도착한 곳은 장례식장이었다. 옆을 보니 전광판에 엄마 이름이 있었다. 주위를 둘러보니 덤덤한 표정의 가족들과 도저히 여기에 있을 수 없다며 집으로 떠날 준비를 하는 외할머니가 있었다. 정신이라도 나간 듯 멍하니 있던 나를 이모가 어딘가 데려갔다. 상주복을 입는 탈의실이었다. 기계처럼 옷을 입고 조문객을 맞이할 준비를 했다.

태어났을 때부터 엄마와 외할머니와 함께 살았다. 상대적으로 자립심도 부족해 가족들에게 많이 의지했다. 그런 '나'에게 첫 위기가 닥쳤다. 엄마 없이 살아갈 수 있을까? 앞으로 먹고 살 수는 있을까? 할머니는 괜찮을까? 조문객을 맞이하는 친척 어른들, 근조화환을 옮기는 관계자들로 장례식장 안은 소란스러웠지만 내 귀에는 아무것도 들리지 않았다.

장례식을 마친 후, 가족들이 한자리에 모였다. 친척 어른들이 엄마의 상속 절차를 밟아야 한다는 말을 해주셨다. 어디에 방문해야 하는지, 무엇을 가져가야 하는지 등 어른들의 이야기를 꼼꼼히 받아 적었다. 다음 날 나는 상속을 위해 주민센터, 등기소를 방문했다. 서류를 받고 새로운 사실을 알았다. 엄마 명의의 집에 어릴 적에 헤어진 아빠가 살고 있었다. 순간 '설마, 설마 아빠를 만나야 하는 건가?'라는 불안이 스쳤다. '에이 뭐, 만날 일은 없을 거야. 없어야 해.' 애써 현실을 부정했다. 그 불안은 현실이 되었다. 집을 비우는 것에 대해 이야기를 하기 위해 할머니가 아빠와 약속을 잡았다. 몇 년 만이지? 손가락으로 세어봤다. 하나, 둘, 셋… 내 기억으로는 아빠를 마지막으로 본 것이 7살 때였다. 딱 13년 만이다. 약속한 날이 다가올수록 아빠를 만날 생각에 걱정부터 앞섰다.

약속한 날이 되었다. 만날 시간이 가까워지자 어린 시절의 기억이 떠올랐다. 애써 기억을 잊으려 하며 할머니와 매운탕 집으로 걸어갔다. 식당 앞에 서자 한숨이 새어 나왔다. 조심스럽게 문을 열었다. 잊고 싶었던 모습이 보였다. 술에 취해 빨간 얼굴, 관리되지 않은 수염. 모두 그대로였다.

명절이 다가오면 엄마와 아빠의 이혼을 모르던 할머니는 제사 지내러 가지 않고 뭐 하냐는 말을 자주 하셨다. 엄마와 나는 할머니의 말을 어기지 못했다. 설날 전날 밤, 막차를 타고 아빠가 사는 인천에 도착했다. 술을 먹고 버럭버럭 소리를 지르는 아빠, 화가 난 얼굴로 제사를 준비하는 엄마, 그런 엄마와 아빠의 모습이 두려워 나는 방으로 들어가 구석에 쪼그려 앉아 있었다. 지독한 담배 냄새, 쌓여있는 술병들이 부딪치는 소리는 새벽에도 멈추지 않았다. 안방에서 엄마를 꽉 끌어안고 무서워 떨며 울던 시간이 떠올랐다.

날 보며 아빠가 웃었다. 이유를 찾기 힘든 눈물이 흘렀다. 이 상황에 대한 억울함, 13년이나 지나서야 보게 된 서러움, 남들과 같은 가정을 갖지 못한 원인인 아빠에 대한 분노, 때리지 않을까라는 불안이 뒤섞였다. 애써 눈물을 참으려 했다. 하지만 위태롭게 고여있었던 눈물은 결국 버티지 못하고 흘러내렸다. 한번 터져버린 눈물은 창피한 줄도 모르고 계속 쏟아졌다. 얼굴은 눈물과 콧물로 엉망이 되었다. 할머니가 건네준 휴지로 얼굴을 닦았다. 작은 휴지 하나가 큰 위로가 되어주었다.

용기를 내 아빠의 얼굴을 보고 입을 뗐다. "안녕하세요." "안녕, 오랜만이다." 웃으면서 대답하던 모습에 소름이 끼쳤다. 머리도 아팠다. 2주일 안에 집을 비우기로 약속한 후 자리에서 일어나려 했다. 그때 할머니가 내 손을 잡았다. "오랜만에 만났는데 아빠랑 이야기 좀 하다 나와라." 다급하게 할머니 손을 세게 붙잡았다. "그러면 할머니가 옆에 좀 있어 주세요." 할머니는 내 어깨를 두드리며 잘할 수 있다고 말한 뒤 식당을 나가셨다. 문을 닫는 순간 공포감이 거세게 밀려왔다. 방안은 아무런 소리도 들리지 않았다. 누구도 감당하지 못할 어색함이 밀려왔다. 그런 어색함을 깬 건 아빠의 한마디였다.

"보라색 옷 좋아하니?"

"……."

"보라색 옷 입고 집 앞 마트 다니는 거 자주 봤다."

보라색 옷, 집 앞, 마트. 단어를 맞춰보니 아빠가 나를 계속 지켜봤다는 결론이 났다. 순간 숨쉬기 힘들었다. "그만 일어날게요." 식당 문을 다급히 열고 할머니에게 달려가 집으로 가자고 재촉했다. 영문도 모르는 할머니는 내 손에 이끌려 집에 도착했다. 침대에 앉자마자 다시 눈물이 흘렀다. 계속 나를 지켜본 건가? 어디서? 왜? 언제? 생각은 꼬리에 꼬리를 물었다. 셜틈 없는 생각에 온몸이 아팠다. 처음으로 할머니에게 어린 시절부터 지금까지 일들을 전부 이야기했다. 엄마도 나도 아빠라면 치를 떨었기에 이야기한 적이 없었다. 시간이 꽤 지난 지

금 다 털어놓고 위로받고 싶었다. 할머니의 손을 만지자 수도
꼭지처럼 눈물이 터져버렸다. 처음으로 어린아이처럼 엉엉 울
었다. 그런 나를 할머니는 말없이 안아주셨다. 할머니에게 더
의지하며 아픈 상처와 슬픈 기억을 조금씩 지워가고 있었다.
그런데 슬픔은 곧바로 찾아왔다.

　1년 뒤, 할머니도 세상을 떠났다. 할머니는 엄마를 보내고
급속도로 몸이 나빠졌다. 의지하던 내 마지막 밧줄마저 끊어
졌다. 삶의 이유가 모두 사라졌다. 삶을 멈추려는 순간 엄마와
할머니를 생각하며 마음을 다잡았다. 이대로 쓰러질 수 없었
다. 이를 꽉 물고 악으로 깡으로 버텨냈다.
　할머니가 돌아가시기 전부터 준비했던 편입 준비에 더욱 몰
두했다. 무너지지 않기 위해서였다. 사회복지학과로 편입에
성공했다. 졸업도 무사히 마쳤다. 취직 준비를 위해 사회복지
사 시험을 봤다. 시험을 마치고 나서 오랜만에 SNS를 확인했
다. '그동안 무슨 알람들이 쌓여 있을까?' SNS 앱을 클릭하고
알림 버튼을 누르자마자 핸드폰을 떨어트렸다. "OOO이 친
구 요청을 보냈습니다" 아빠였다. 나도 모르게 집안을 둘러보
았다. 괜히 창문을 열어 바깥도 확인했다. 다급히 SNS를 탈퇴
하고 앱을 삭제했다. 한숨을 쉬자 숨죽여 삼킨 눈물이 흘렀다.
지워나가고 있던 상처가 재발한 듯했다.
　엄마가 보고 싶었다. 집 밖을 나서면서 나도 모르게 양옆을

확인했다. 엄마 산소에 도착했다. 묘비 앞에 꽃다발이 놓여 있
었다. 여기에 올 사람이 없는데… 아무리 추측해도 아빠 말고
는 꽃다발을 놓을 사람이 없었다. 하얀 꽃들과 다르게 내 얼굴
은 점점 시뻘게졌다. 머리끝까지 화가 치밀어 올랐다. 꽃다발
을 세게 던져버렸다. 꽃들이 흩어졌다. 포장지는 나뭇가지에
걸려 찢어졌다. 이모에게 전화를 걸었다.

　"이모, 아빠가 꽃다발 두고 간 거 같아. 왜 이렇게 짜증이 나
지."

　있을 때 잘하지 싶었다. 이제와서 뭐하나 싶고 짜증만 났다.
몇 달 후, 다시 엄마를 찾았다. 더이상 엄마의 묘비 앞에 꽃다
발은 놓여 있지 않았다.

시
선

"따라라라라라라라라라~ 날 좋아한다고~"

유명한 광고 음악이다. 신이 나 이 노래 후렴만 반복해 부르며 걸었다. 대학교 편입시험에 합격한 후 첫 등굣길이었다. 들뜬 마음에 하얀 블라우스, 검은색 치마로 한껏 멋을 냈다. 어디선가 상큼한 바람이 불어왔다. 걱정 반, 설레임 반으로 학교에 도착했다. 걱정과 달리 좋은 선후배, 동기들을 만났다. 오리엔테이션을 무사히 마쳤다. 기쁜 마음으로 집으로 가는 버스에 올라탔다. 자꾸 웃음이 났다. 버스에서 내려 집에 가는 발걸음이 신이 났다. 집에 도착하자마자 큰소리로 말했다. "엄마, 할머니, 다녀왔습니다!" 아무 소리도 들리지 않았다. 신발을 벗고 집 안으로 들어가려던 발이 멈칫거렸다. 잠시 멍하니 그 자리에 서서 텅빈 집안을 바라봤다. 올라갔던 입꼬리가 금세 축 처졌다. 터덜터덜 방으로 걸어갔다. 침대에 앉아 수납장을 바라봤다. 수납장 안 영정사진에 엄마와 할머니가 웃고 있었다. 옅은 한숨을 쉬었다. 혼자 산 지 2년이 흘렀다. 익숙해지고 무뎌질 시간인 줄 알았는데 아니었다.

혼자가 되니 사람의 손길이 그리웠다. 핸드폰을 잡았다. 전화번호부를 쭉 훑어봤다. 인맥이 넓지 않은 나는 전화번호부의 끝을 금방 보게 되었다. 의지하던 사촌 언니에게 전화를 걸었다. 잘 지냈냐는 안부 인사부터 드라마는 뭐 봤다는 등 수다가 길게 이어졌다. 통화를 마친 후에도 공허했다. 이상하게 허전한 마음은 완전히 채워지지 못했다.

기분전환을 하기 위해 다이어리를 챙겨 카페에 갔다. 따뜻한 레몬차를 주문한 후 자리에 앉았다. 햇빛이 카페 안으로 들어왔다. 햇빛 끝을 보니 할아버지와 손녀딸로 보이는 두 사람이 도넛을 맛있게 먹고 있었다. 내 시야에는 아이의 뒷모습만 보였다. 몸을 흔들면서 먹는 아이의 모습에 도넛이 주는 즐거움이 나에게까지 느껴졌다. 나도 모르게 계속 보고 있었다. 맛있냐면서 흐뭇하게 손녀를 바라보시는 할아버지의 모습이 눈에 들어왔다. 얼른 고개를 숙였다. 눈은 떨렸고 레몬차의 온기는 식어갔다. 카페에서 눈물을 흘리기 싫어 꾹 참았다. 고개를 다시 들었다. 할아버지와 손녀의 모습에서 과거 나와 할머니의 모습이 겹쳐 보였다.

고등학교 주말 자율학습을 마친 후 집에 도착했다. 할머니가 마침 시장에 가려고 했다며 같이 갈 거냐 물으셨다. 흔쾌히 따라나섰다. 장을 보고 양손에 내가 좋아하는 임연수어와 엄마가 좋아하는 생새우를 들고 집으로 오는 길이었다. 분식집이 보였다. 할머니에게 팔짱을 꼈다. "할머니, 우리 저거 먹고 들어가자!" 할머니는 내 손에 이끌려 분식집 문을 열었다. 안에 들어가자마자 따뜻한 온기가 느껴졌다. 자리에 앉아 메뉴판을 둘러봤다. "은비 너 좋아하는 김밥 하나 시켜라" "와 진짜? 신난다!" 들뜬 마음에 김밥과 함께 떡볶이도 주문했다. 식탁에 김밥과 떡볶이가 놓였다. 김밥을 한입에 쏙 넣었다. 광대가 눈 끝까지 솟았다. 할머니가 그런 나를 바라보더니 한마디 하셨다. "맛있냐?" "응 진짜 너무 맛있어!" 뭣 하러 바깥에 나가서 먹냐고 늘 집에서만 밥을 먹던 할머니다. 이런 날 아니면 기회가 없었다. 그렇기에 밖에서 할머니와 먹는 김밥과 떡볶이는 세상이 날아갈 듯한 기분을 주었다.

　　정신을 차리고 보니 할아버지가 나를 빤히 쳐다보고 있었다. 할아버지와 손녀딸을 멍하니 보고 있었더니 내 시선을 느낀듯싶다. 민망한 마음에 황급히 고개를 숙였다. 급하게 다이어리에 일기 쓰는 척했다. 할아버지가 나에게 시선을 거두자 안도의 한숨을 내뱉었다.

　　카페에 혼자 앉아 있는 내 신세가 순간 초라해 보였다. 괜히 죄 없는 손톱을 뜯었다. 씁쓸하고 착잡한 마음을 감추지 못했다. 다이어리는 제대로 쓰지도 못하고 짐을 챙겼다. 부랴부랴 카페를 나왔다. 카페 문 앞에서 사람들을 바라봤다. 엄마와 딸이 웃으며 팔짱을 낀 채로 지나갔고. 어떤 사람은 강아지를 안고 쓰다듬으며 걸어가고 있었다. 눈에서 물방울이 다시 차올랐고 말라버린 입술을 이로 뜯어가며 물방울을 떨어트리지 않으려 했다.

햇빛이 밝은 오후 2시였다. 사람들을 향해 햇볕이 쏟아졌고 나는 카페 문 지붕 아래 어둠 속에 서 있었다.

행복의 소리

따스한 햇빛이 비추는 5월, 살랑살랑 봄바람이 스며드는 오후였다. 오랜만에 절친한 친구를 만나기로 한 날이었다. 한 발짝 두 발짝 탭댄스를 추듯 신이 나 카페로 걸어갔다. 우리는 그동안의 이야기보따리를 풀어놓았다. 그러다가 주제가 콘서트로 흘렀다. 나는 콘서트 보러 다니는 것을 좋아한다. 마침 어제 성시경 콘서트를 다녀왔다. 어제의 일을 따발총처럼 쉬지 않고 이야기하는 나를 보더니 친구가 무심코 한마디를 건넸다.

"와, 너 진짜 행복했겠다."

그 말을 듣고 나도 모르게 망설였다. 즐거웠던 것은 맞지만 그게 '행복'이라는 확신이 들지 않았다. 자신 있게 대답하지 못했다. 왜였을까. 콘서트를 떠올려 보면 행복했나? 물음표였다. 곱씹어 보면 살면서 '행복'이라는 감정에 대해 생각해본

적이 없었다.

'행복이 뭘까?' 의문이 고개를 드니 답을 찾고 싶었다. 사람들에게 물어봐도 대부분이 내가 느끼면 그게 행복이라며 확실한 답을 주지 않았다. 뭐라도 알 수 있을까 싶어 괜히 책꽂이를 만지작거렸다. 어렸을 때부터 작년까지 쓴 일기장을 뒤적거렸다. 그중 2017년 4월 14일의 일기에 손이 멈칫했다. 꾹꾹 눌러쓴 문장들을 읽어내려갔다. 당시의 감정이 눈앞에 아른거렸다.

1996년. 내가 태어나자마자 엄마와 아빠가 헤어졌다. 그 후나는 엄마와 외할머니와 함께 살았다. 교복이 익숙해질 무렵 엄마는 피부암 선고를 받고 5년간의 투병 끝에 세상을 떠났다. 나의 모든 것이 무너졌다. 가까스로 마음을 추슬러가고 있는데 1년 후, 할머니마저 내 곁을 떠났다. 이 세상에 가족이 없구나. 나밖에 의지할 사람이 없구나. 그런 생각에 어떻게 살아가야 할지, 내가 살수나 있을런지 그저 막막했고 무서웠다.

장례를 치르고 며칠이 지난 후 이모에게서 연락이 왔다. 하룻밤 집으로 놀러 오라고 하셨다. 장례를 치르느라 엉망인 집을 정리한 후 늦은 밤 지하철을 탔다. 한 시간 정도 걸려 이모집에 도착했다. 이모와 함께 앞으로 어떻게 살 건지, 지금 내마음은 어떤지를 이야기하면서 나는 엉엉 울었다. 이모의 위로로 눈물을 닦고 잠을 자기 위해 친척 동생 방에 들어갔다.

동생은 이미 잠들어 있었다. 옷을 갈아입고 침대 위에 누웠다. 잠들기 전까지 눈물은 그치지 않았다. 동생이 깰까 봐 최대한 울음소리를 참았다. 그러나 흘러나오는 눈물은 조절할 수 없었다. 베개가 축축이 젖은 채로 눈을 감았다.

잠에서 깨자 밖에서는 시끌시끌한 소리가 들려왔다. 퉁퉁 부은 얼굴을 애써 가리면서 방을 나갔다. 마루는 그야말로 난장판이었다. 초등학생 3학년인 친척 동생이 학교에 가야 된다며 등교준비를 하고 있었다. 또 한 명의 동생은 화장실을 간다며 부산스럽게 움직였다. 여기저기 흩어진 책들, 책가방, 정신 없이 흩어진 물티슈가 마루에 널브러져 있었다. 이모는 아침밥을 챙기느라 바빴다. 보글보글 끓고 있는 된장국 소리, 바쁘게 움직이는 이모의 발자국 소리, 왔다갔다 준비물 챙기기 바쁜 동생의 돌아다니는 소리까지 엉켜 귓가를 계속 간지럽혔다. 순간 피식 웃음이 나왔다. 된장국이 졸여지는 동안 딸의 책가방을 챙기면서 이모가 다급하게 말했다.

"은비야, 얼른 밥 먹어. 지금 연서랑 같이 먹어야 되겠다."

누군가 나에게 "밥 먹어라"고 말하는 소리를 들은 게 얼마만인가. 입꼬리가 살살 떨리며 결국 주체하지 못하고 올라갔다. 하얀 식탁 앞에 앉았다. 흰 쌀밥과 배추된장국, 반찬 몇 가지가 놓였다. 기대를 안고 된장국을 한 입 떠먹었다. 따뜻함과 향긋함이 퍼졌다. 이모의 눈을 쳐다봤다. 나도 모르게 맛있다는 말이 입 밖으로 튀어나왔다. 이모가 슬며시 미소 짓는 모습을 보자마자 이모 뒤에서 쨍그랑 소리가 들렸다. 친척 동생이 유리컵을 깨뜨린 것이다. 소리를 듣자마자 이모는 동생한테 가서 화를 냈다. 그 뒷모습을 보는데 나도 모르게 목구멍까지 울음이 차올랐다.

유리컵 깨지는 소리, 바쁘게 등교 준비하는 소리, 된장국이 졸여지는 소리…. 이유 없이 눈물이 흘렀다. 순간, '아 사람들이 말하는 행복이란 게 이런 건가' 싶었다. 이모가 식탁 앞자리에 앉자 창피한 마음에 눈물을 감췄다. 아무리 외쳐도 대답 하나 없는 우리집과 달랐다. 누군가는 시끄럽다고 할지 모르는 온갖 소리들이 이모집에 모여있었다. 나는 이 소리들이 주는 행복을 온전히 느꼈다.

밥을 먹고 집으로 가는 길이었다. 지하철역 안에서도 그 감정이 떠나질 못했다. 열차가 도착하고 자리에 앉았다. 눈앞이 다시 한번 흐릿해졌다. 누가 보면 청승맞다고 생각했을지도 모른다. 엄마와 할머니에 대한 그리움, 이모에 대한 고마움, 밥 한 끼가 준 큰 행복이 마음을 감싸주는 듯했다.

몇 주 뒤, 집안이 너무 조용했다. 무심코 확인한 거울 속 내 모습은 텅 비어있었다. 그때 핸드폰 벨소리가 시끄럽게 울렸다. 발신인을 확인했다. 이모였다. 반가운 마음에 빠르게 통화 버튼을 눌렀다. 잘 지내고 있냐는 안부전화였다.

"이모! 나 이모네 집에서 하룻밤 자고 밥 먹었을 때 세상에서 제일 행복했어!"

밑도 끝도 없이 나도 모르게 이야기했다. 나에게 어디서 이런 말을 할 용기가 나왔던 걸까? 행복이라는 단어를 살면서 처음 말했다. 그 말을 내뱉자마자 행복의 기운으로 물들여졌다.

일기장을 덮고 묘한 감정에 스며들었다. 노트들을 책꽂이에 넣으면서 지인이 정신과 의사한테 들었다던 이야기가 떠올랐다.

"내가 행복했을 때의 기억을 떠올려라. 그게 삶의 자양분이 될 것이다."

그 행복의 힘으로 현재를 살아가고 있다.
앞으로 삶을 살아가는데 또 다른 고통이 닥칠지 모른다.
그럴 때마다 미소 지으며 추억할 것이다.
구석에 있던 자그마한 행복을 떠올리며 삶을 살아가겠다고.
누구랑도 비교할 수 없는 나만의 행복을 갖고 있다고.